GAEA

GAEA

THE UNIQUE LEGEND
vol. 10
特殊傳說 III
護玄——著

特殊傳說III

vol.10

目錄

特殊傳說 III

THE-UNIQUE-LEGEND

人物介紹

Atlantis 學院

姓名：褚冥漾（漾漾）
種族：妖師
班級：高中三年級C部
個性：平時有些被動，但堅毅善良。對各種事物很常在腦內吐槽。
喜好：好吃的食物
身分：凡斯先天力量繼承者

姓名：颯彌亞．伊沐洛．巴瑟蘭（冰炎）
種族：精靈、獸王族混血
班級：大學一年級A部
個性：凶暴、謹慎。
喜好：書、睡
身分：黑袍、冰牙族三王子獨子

其他

姓名：米納斯妲利亞
種族：？
個性：冷靜睿智，在守護主人上極具耐心與溫柔。
喜好：教化另一個幻武兵器
身分：褚冥漾的幻武兵器之一

姓名：希克斯洛利西（魔龍）
種族：妖魔
個性：直爽嘴賤，喜歡有趣的人事物。
喜好：？
身分：褚冥漾的幻武兵器之一

姓名：雪野千冬歲
種族：人類
班級：高中三年級C部
個性：有點自傲，只對自己承認的人友善。
喜好：書、朋友、哥哥
身分：情報班

姓名：萊恩・史凱爾
種族：人類
班級：高中三年級C部
個性：性格沉穩，日常瑣事上很隨意。
喜好：飯糰、飯糰、飯糰
身分：白袍

姓名：藥師寺夏碎
種族：人類
班級：大學一年級A部
個性：溫柔鄰家大哥哥，但其實個性淡泊，不太喜歡與人深交。
喜好：養小亭、研究術法與茶水點心
身分：紫袍

姓名：西瑞・羅耶伊亞（五色雞頭）
種族：獸王族
班級：高中三年級C部
個性：爽朗、自我中心，一根筋通到底。
喜好：打架、各種鄉土戲劇與影片
身分：殺手一族

姓名：米可蕥（喵喵）
種族：鳳凰族
班級：高中三年級C部
個性：善良體貼，人緣極佳。
喜好：喜歡學長、烹飪、小動物，以及很多朋友。
身分：醫療班

姓名：哈維恩
種族：夜妖精
班級：聯研部 第三年
個性：嚴肅，對忠誠的事物認真負責，厭惡腦殘白色種族。
喜好：術法研究、學習
身分：沉默森林菁英武士

姓名：莉莉亞．辛德森
種族：人類、妖精混血
班級：高中三年級B部
個性：以家族為傲，些許驕縱，其實相當善良。
喜好：可愛的小飾品
身分：白袍

姓名：殊那律恩
種族：鬼族
個性：安靜少言，偶爾會隨意地捉弄人。
喜好：術法鑽研
身分：獄界鬼王

姓名：深
種族：無
個性：沉穩，堅毅寡言。
喜好：百靈鳥、黑王、毀滅世界
身分：陰影

姓名：式青（色馬）
種族：獨角獸
個性：美人希望是怎樣就怎樣！
喜好：大美人小美人
身分：孤島遺民

姓名：白陵然
種族：妖師
班級：七陵學院大學部三年級
個性：不太隨便與人打交道，只和有興趣的人互動。
喜好：泡茶、茶點
身分：妖師首領、凡斯記憶繼承者

姓名：褚冥玥
種族：妖師
班級：七陵學院附屬假日研修生
個性：冷靜幹練，氣勢強悍。
喜好：逛街、漂亮的飾品
身分：凡斯後天能力繼承者、紫袍巡司

姓名：西穆德
種族：血妖精
個性：認真、忠誠。
喜好：無
身分：鬼楓崖菁英戰士

第一話　脫離戰區

「褚！」

被迫退出地下空間後，還來不及分辨掉落點在哪，瞬間感到的毛骨悚然與在戰場養成的反射習慣讓我第一時間揮出長刀，刹那間果然有東西撞上來，乒地一下刀面都在震動，隨之而來的是一股怪異的氣息。

那是種很難形容、充滿詭異的腐朽亂流味道。

新的試煉空間？

不對。

先卸掉對方的衝擊力，再補上力量下壓長刀，重重劈開正想重整攻勢的不明物體，隨即我看見的是一坨烏漆墨黑的東西癱軟在地。

新空間……不能說是個新空間，看起來更像一個亂流或是夾縫。

進出過幾次「時間」，這類型的時空通道我大致可辨認得出來，畢竟與正常世界不同。

一條手臂穿過混濁的氣流拽住我，把我往側邊拉，幽暗散去，我看見其他人正互相支援驅逐不斷湧過來的一團團黑漆漆物體。

「這是什麼？」再度砍掉一坨不明物，我注意到地面有幾條帶點光但又很黯淡、不算有照明效果的微亮線條。「傳出失敗了？掉進空間夾縫？時空夾縫？」從地底被彈出前我確實看見身上的傳送圈有確切的位址，必定不是這個地方。

「似乎在傳送時被擊飛了。」夏碎學長夾在中間，正試圖往眾人踩踏的地面添加新的術法水晶，費力引動不怎麼奏效的圖紋圈。「又一次。」

好喔，希望不是又被打飛去遠古。

「但感覺不到惡意。」哈維恩補充：「這次較爲明顯。」

善意的擊飛？

怎麼聽起來那麼奇怪？

誰沒事專門在狙別人傳送陣打好玩？

腦殘嗎？

「抓到那個人的話，可以先揍一頓嗎？」我面無表情地甩飛另一團不明物。

搞事的愉悅犯不是第一次了吧？遇到先打很正常吧？

「可以試試。」夏碎學長表示理解並委婉回答。

「……這些是突然闖入虛空地帶引起的排異反應，也就是『水花』。」學長看了我們一眼，無視幹話，正經散出幾個螢火光點，細細碎碎的小東西貼到那些漆黑物體上，無聲無息崩解周邊的不明物。

見學長的方法比較有用，而且沒有再引起新的震盪和襲擊，我和哈維恩轉成輔助，幾分鐘後，周邊果然安靜下來，這時夏碎學長也終於將要死不活的陣法圈點亮，雖然可用空間很小，但至少暫時有個安全的棲身點可以觀察四周。

學長慣例現場教學夏碎學長和哈維恩幾個小術法後，三人陸續耗用掉幾顆貯存力量的水晶，繪製出排除紊亂元素的圖紋，慢慢清理周圍那些不太穩定的亂流群。

等到所有遮蔽視線的薄霧完全被消除，隱藏在此處的浮空圖形才逐漸顯露眞面目。

說眞的，雖然我已做好準備看到什麼都不要太意外，但當面前浮現出略熟悉的圖形，確實還是挺意外的。

在虛空中攤開的，是一張大家都非常熟悉的古地圖。

尤其某些特別閃爍的光點位置，與龍神給的那張有八七趴相似。

然而與龍神版不同的是，這張古地圖除去中心一大塊還保留著，其他位置被分割成許多片，看似遭到無情亂流的肆虐對待，不規則的殘片毫無規律地四散在黑暗的空間裡，就像被人遺忘、沒有收攏，或者棄置的拼圖玩具。

「這裡也是那種可以存放東西的空置夾縫嗎？」讓哈維恩掏出縮小版古地圖比對，我轉頭環顧一圈，扣掉剛剛引起的劇烈波動，這裡看起來並沒有其他威脅——好吧那個波動威脅其實就足以勸退很多人。

安靜下來後，有點上次二十七借我塞魔神生命核那地方的相似感。

「應該不是，這裡的波動反應太強烈，並不適合藏匿物件，容易毀壞。」夏碎學長見陣法線條再度黯淡，彎身重新補上新的術法石。「而且，外來能量消逝得太快了。」

所以把我們打進這裡面有啥目的？

「嗯？」

正在和哈維恩一起比對、拓印地圖碎片的學長兩人停下動作，似乎遇到什麼問題。

「這裡有不太一樣的地方。」哈維恩看我們走過來，將拼湊聚攏起來的地圖指給我們說道：「這是幾大妖精族與獸王族的軌跡。」

地圖上，一反先前古地圖版本，這張有很鮮明的種族指向，尤其是被指出的妖精、獸王族。被拼圖兩人組刻意點亮的種族舊地有些相當奇怪的凌亂線條，幾乎糾結成一團，不像常用的資源指引，看不出來是什麼意思。

「獸王族的話……」學長指尖點在幾個較大的獸王族的亂線上，不知道該說巧或不巧，不同區域的獸王族都分出很淡的一條虛線向外爬行，斷斷續續蜿蜒了很長一段距離，最後翻越千山萬水、逐漸匯集之後，就往我們所在的禁地穿過來了。

「妖精族……」哈維恩同樣循著很淡的彎曲線條轉繞出來，最後不意外地通向禁地周邊。兩條虛線在附近繞了一圈，最後停在禁地旁，各自圈出一顆很小的星星，形狀熟悉得讓人想吐出腦漿。

學長與夏碎學長不約而同抬起頭互看了眼，兩人神情似乎變得有些嚴肅。

說眞的，每次他們在那邊你知我知眼神意會時，就很想說一句我不知啊！你們到底溝通了什麼！

幾人沉默之際，原本就不穩定的夾縫空間驟然震盪，幾坨黑黑的東西被甩出來，乒乒乓乓砸在我們結界上，黯淡的陣法線條再度熄滅一部分，隨時可能崩潰。

時刻注意陣法變化的夏碎學長立即補充水晶，讓陣法得以續命。

「這裡似乎有妖精族的古代語言。」哈維恩注意到地圖上接近禁地外圍的邊框處，暗藏極細小的文字，閃閃爍爍的細碎小字隨著空間震盪變得模糊不清，似乎正在被夾縫亂流影響消融。「……妖精守護之……匿跡於……破碎脈絡匯聚處……失去……將重新凝結……」

「此處快崩解了。」夏碎學長繼續填補陣法，抵禦越來越多的「亂流」，整個陣法內都在猛烈震動，確認修補速度追不上破壞，便出聲提醒大家。

哈維恩眼見夾縫空間快速碎裂，一把將手邊複製完成的部分地圖塞給學長，好像被什麼蠱惑似地倏然脫離守護陣法，身上迅速圍了一圈符紋就撲上去按住那些急速裂解的古老文字，血液瞬間從他的指縫與身體大量迸出，濺得後方結界壁到處都是。

暴亂的衝擊力把夜妖精從地圖碎塊上狠狠彈開，已經預先準備好的學長和我捉緊時機將哈維恩重新拉扯進陣法結界內，收回來的手全都是鮮血淋漓，還有隱隱的「時間」氣息。

「各自小心！」夏碎學長見周圍空間開始爆裂，撒了一大堆守護型術法水晶，又設下高防禦結界。

我連忙甩出大量相應的黑暗殼包覆所有人，然後趴在哈維恩身上，儘可能護住他的腦袋。

整個夾縫亂流轟的一聲猛烈炸開，伴隨著大量不明物質碎塊將我們的術法殼撞飛出去，原本就已破碎的古地圖更難以倖免，直接消逝在毀滅的虛空當中。

隱約地，在一片黑暗裡，我好像看見有道身影與我們擦身而過，與被亂流攻擊的我們不同，「他」非常安穩地行走在暴亂虛空裡，無畏無懼、絲毫不損，渾身配備世外高人的風範，

藍色的眼睛微微瞇起，輕輕推了我們的術法球一把。

——去吧。

※

我睜開眼睛。

黑色氣流在我側邊捲繞出護盾，擋住衝過來的東西。

定睛一看，是個充滿負能量的混血獸王族，對方表情陰鬱，大概介於充滿惡意與有點莫名之間，充滿惡意是他整個人環繞著對於某個目標的不懷好意氣息，莫名大概就是因為我瞬間出現，碰巧擋下這一擊。

揮手引爆黑暗震開獸王族，我發現我的落點在我們於地面入口的陣地結界最外層，不偏不倚正正好就在結界壁旁，跨一步就可以進入，學長等人倒是穩穩地掉回結界裡。

天選和棄選的地位一目了然。

獸王族瞬間反應過來，秒向我發起二次攻擊，但被學長甩過來的凶殘術法打趴在地。

抓緊時間退回結界，我攔住差點衝出來救援的西穆德，同時迅速掏出斗篷把我自己整隻罩起，接著才有時間打量目前的狀況——很顯然，以這個結界爲中心，整個禁地外圍被來自四面八方的勢力大軍壓境，有一小部分的人撕開水幻影，只是這些人依舊被陣地結界層層阻隔，這時正在試圖打破結界壁。

闖進來的獸王族顯然有某種特別能力，畢竟他力量感不算強，卻可以超越其他人潛入到最貼近結界的地方。

「沒被攻破嗎？」我看向一直守在這裡的西穆德。

「嗯。」西穆德點點頭，攻守皆極有自信的血靈指向幾個陣法節點。「損壞幾次，但都在可修復範圍。」

瞥了一眼，那幾個被點出來的位置我看得懂結構，西穆德獨力修復確實不成問題，畢竟他身上帶的處理用品數量很足，至少還能再修補個七八九十輪；再加上血靈本身也不是吃素的，眞的扛不住時他甚至可以衝出去給人幾刀，直接實施解決不了問題就解決問題根源的手段。

結界裡其他人早已套好遮蔽身分用的斗篷，除了剛剛在外面有瞬間差點露餡的我……回頭一看，學長手腳迅速地把那個近距離接觸我的獸王族打昏拖進來，飛快實施一連串的洗腦、拋棄動作。

不愧是學長，洗腦的手法精進了。

另一旁的夏碎學長正把哈維恩抱進陣地結界的治療圈圈上。

這時我突然察覺結界壁上的顏色出乎意料地很彩，至少比我們下去地底前彩很多，色彩繽紛輕快，有點夢幻愉悅感，好像是吸收外來攻擊後變異了。

剛剛在外頭沒注意，仔細一看，一圈又一圈的術法圖紋透出莫名起伏韻律的快樂彩光，加個音樂就可以原地開趴。

幸好外面的人似乎無法看見內層這歡樂顏色，只是專注努力想破壞大結界，不然他們肯定會覺得我們很靠杯地在藐視他們，怒氣和血壓直接從一飆到九十九。

不知道流越是在什麼精神狀態下製作這個陣地結界，明明離開前的模樣和先前幾次用的都沒啥差別，怎麼一受到強力攻擊就開始癲狂了？

拋開結界自嗨的未知問題，我快步走向夏碎學長。

哈維恩肉眼可見傷得很重，畢竟只伸出手拉人的我和學長都差點被亂流斬斷雙手，更別說正面衝擊亂流力量的夜妖精，恐怖的暴力差點把他整個人四分五裂，一身的防禦術法全都潰散不存。

他真的該找時間去過一下火，近期幾次血光之災都超嚴重，快追上我的次數……也可能是近墨者黑分攤了我自帶的衰小。

夏碎學長撥弄周邊幾個靠過來的治療圖紋，將夜妖精身上最危險的傷勢先做處理，我也動用米納斯的力量，穩住外溢的血水，忙碌之餘，我眼角瞄到正在蠢蠢欲動的某個半精靈。

黑暗力量凝結的巨大黑獅子歪頭一口叼住學長的腰，把他整個人拉離我們較遠一段距離。

「……」學長用一種難以言喻的表情盯著我，彷彿我冤枉他。

我給他一記中指。

一個沒注意就想搞事，滾蛋。

不知道該說幸或不幸，哈維恩在那瞬間儘可能避開了所有針對要害的攻擊，雖然出血量看起來很大，但幾乎都是皮肉傷。

「沒事，可復元。」夏碎學長抓住我的手腕。

我回過神，抬起手散掉整個陣地結界裡不斷出現的黑色動物。想幫哈維恩喬一個比較好躺的姿勢時，赫然發現他左手呈握拳姿態，緊緊抓著某種東西不放。

試探幾次沒辦法扳開他的手，只能暫時先這樣。

「西瑞那是怎麼回事？」既然外面暫時撞不進來，哈維恩也還須治療，我轉頭詢問學長關於地底的問題。

「獸王族的考驗。」學長頓了頓，抬起右手表示他不會亂來，黑獅才鬆嘴放他自由。半精靈走過來幫忙運作醫療陣圖，邊補充道：「西瑞搶先進去了，因此考驗落在他身上，結束前，他無法離開。」

公主最後的關卡是一個先搶先贏的獸王族考驗嗎？

也不太意外，畢竟設置關卡時她都還沒結婚，做獸王關卡很正常，不正常的是那個超級種族補給點。

……等等，我猛然驚覺，假設今天我們是入侵者，那麼補給點該不會轉化爲炸彈點？畢竟能量多到匪夷所思，而且公主也確實說過用非常手段進入會被絞殺，而要完美絞殺所有入侵者就必定要有很大的啓動能源，所以那個安全點其實身兼爆炸點？

又是生死一瞬間嗎？

頭眞痛。

不過爲什麼最終關卡是奇美拉？

一聲砰的巨響猛地炸裂，猝然打斷我的思考，結界外所有迷霧終於在我短暫思考期間被強行撕碎，整片空間像是被無形巨手擰住般，先是氣流揑擠扭曲、接著劇烈震盪。沉重的威壓墜落，將周邊瀰漫的污穢氣息和毒素碾壓得咯嘎作響，那些亡靈與詛咒被激得更為憤怒，發出加倍陰森邪惡的低語，迴盪密集，無處不在。

嚴重污染的腐敗土地隨著震動陣陣翻滾，出現浪潮似地波濤湧動，濃稠的棕黑色不明液體從地底深處被挖攪出來，伴隨著令人作嘔的濃濃極腥臭氣，往外不斷擴散溢出。

突如其來的劇變讓其他在周圍試圖破壞結界的白色種族連連後退，陡然惡劣的環境搭配爆湧的陰沉氣壓，典型高階妖魔出場前兆。

雖說他大概是想霸氣登場，可惜這附近依舊存在公會與各種族設下的禁地、混亂場域封鎖防線。對方的力量雖然成功突破外層的水幕幻影，本體卻被牢固的防禦攔阻在外，強大的力量碰撞防線，激發出無數力量火花，甚至還引起連串被動式反擊術法。

霎時外面到處都是轟轟烈烈的爆破聲與連綿不斷的地震，彷彿大規模天災降臨。相較之下，我們的陣地結界內反倒詭異地風平浪靜，根本另個世界。

嗯，看來這個封印已經被各方垂涎很久，一旦出現變故，各式各樣的東西都想衝第一搶得頭籌。

這瞬間，我還眞有點想看看他們面對反社會九十九問的模樣。

可惜還要等西瑞上來會合，這個入口無論如何都不能被外界觸碰，至少在他回來前不行。

我抓住正想上前去ＤＩＹ新結界外層的學長，然後朝旁邊的西穆德抬抬下巴，血靈立即拋出幾枚指頭大的黑水晶，落地後形成陣法，快速與陣地結界的一小部分勾連，產出另一塊圓形圖陣。

讓西穆德暫先持主陣法，我慢步踩到那片不大的圓形衍生陣，彎身張開手掌，將轉動的符文搭配恐怖力量按進陣圖中心。

感恩公主、讚歎公主，電和備用電池都充得很滿，搭配加成小飛碟，施放起來毫無壓力。

在這種填滿陰暗毒素和詛咒的禁地裡，我們的黑色術法傳導速度相當快，如遇到油的火焰般相對增強。力量鑽進陣圖當下不過幾秒，以我們爲中心，陣地結界外轟隆隆炸出好幾圈至少十層樓高的螺旋形尖刺，瞬間把還滯留在附近的妖魔鬼怪等各種存在暫時逼出幾公里遠。

「先加固防禦陣。」我把加成小飛碟和身上其他陣法水晶拋給西穆德，然後在指尖轉出另架我本來有點敬而遠之的小飛碟，多虧這幾天的沉澱和新的傳承記憶，我大致搞懂一點點這傢伙要怎麼用了。

得到命令的西穆德立刻加強陣地外所有防禦，瞬間豎立起來的防護壁又多了十幾層，連米納斯都飄過去幫忙。

「學長麻煩注意西瑞的地底動靜。」見半精靈蠢蠢欲動想跟著加碼術法，我示意他先不要隨便動手，畢竟待會兒還要在第一時間逃難，得留力量跑路；幸好他還滿願意合作的，站在一邊觀望，乖巧配合到有點可怕。

「混亂場域的方位似乎有東西爬出來。」米納斯的幻影出現在我身邊，目光凝視著結界壁的遠處。

「不會是墟海那些妖魔吧……」我認眞詢問。

「應該不是，力量感不吻合，更像是其他種族設定了標點在那裡，借道而來。」米納斯邊判斷著回答：「白色種族……嗯……勾結者。」

「瞭，不是好東西。」反正不是和妖魔勾結就是和那些奇奇怪怪的勾結，才會從混亂場域跳出來，我也乾脆不問來源，全部統一歸類。

「……嗯？」正想說點什麼，米納斯突然停下，目光放在彼端遙遠之處。

我感覺到手邊有個術法突然轉動。

這是……

「米納斯閣下。」乖不過三秒的學長走過來，打斷了我倆的沉思，已經轉成精靈的傢伙周身環繞著冰元素，手上飄浮好幾顆冰元素水晶。「須借用力量，不是輕易可抵擋的存在。」

「去吧。」我讓米納斯和學長往強壓逼來的那側過去，也就是我們兩個都在意的方向。

現在不是最佳的探測時機，但得想辦法過去一趟。

隨著水氣逐漸向外瀰漫延展，外界的空氣也越來越冷，寒氣急速下降讓結界內都掉落細小的雪花結晶，即使我們都有神、咳，術法護體，還是可以感受到一絲刺骨的低溫。

遠端衝撞過來的「東西」顯然用了隱匿性術法，半藏半破壞地闖過外圍層層攔阻，氣勢洶湧朝我們筆直而來，「他」幾乎完全無視空氣裡逐漸濃郁的水元素和冰元素，勢如破竹地貫穿沿路一切阻礙，短短數秒就撞到結界最外圈，衝擊力讓外層殼微微震顫，但也就止步於此了。

一座巨型冰雕在我們面前現出原形。

隱藏的形態暴露於晦暗的天空之下，差不多六、七層樓高，外表看起來介於老虎與牛之間，明顯是獸王族的本體模樣，這兩種動物的特徵都有一些，長著尖銳利爪的左腳掌提起，差點就搭上結界壁。被凍結後，微微低垂的巨大頭顱上，三隻眼睛正好對著陣地結界，隱隱散發著一股詭異又壓迫的氣息，彷彿隨時可以從冰封裡掙脫、發動攻擊。

我看了冰雕幾秒，發現和之前的表層冷凍不太一樣，應該是與米納斯配合的關係，巨獸連血液流動的聲音都停止，徹底絕對冷凝，整個控制耗時短、精密，且沒有耗費學長太多藍條。

「他身上有接駁型傳送術法，必須第一時間封鎖。」學長確認巨獸沒法運作任何功能後，才對我們解釋。「很可能是類似殺手家族的地下存在。」

大概是因爲外面的防線相當麻煩，所以這隻巨獸帶著特殊陣法闖進來，打算以他爲錨點，將被擋在外面的隊伍甚至大軍直接投放過來。

「種族們與公會的攔阻防線快要無效化了。」西穆德提醒我們。

公主設置在這裡的祕密經年累月下引起許多勢力垂涎，或許他們眞不知道裡面有什麼，但不妨礙他們用某些手段確定裡面藏有祕寶，例如預知那種能力。

確實啦，底下寶藏超級多，難怪我們一啓用就被攻城，撐到現在最大的功臣該屬公會，接著是協助的種族們。公會雖然不知道我們在幹什麼，但他們有學長的探查申請，知道公會成員在裡面，所以選擇無條件攔阻攻擊。

回頭該公益捐款表達感謝。

慢著，我突然意識到個問題。「獸王族考驗那邊沒有時間停止嗎？」公主設置的關卡幾乎都有時間術法介入，但我們在樓上等了有一會兒，甚至先前傳送時還被打飛到奇怪的地方，耽擱的時間並不短，西瑞卻遲遲沒上來。

「剛……」學長正想回答我的問題，突如其來的地面晃動頓時打斷他的話。

與此同時，結界外又是劇烈震盪，被圍毆的外圈防線抵擋不住暴力攻擊，某處被打破一角，四面八方的各種氣息、壓迫感狂逼而來。

「剛剛那位置有部分區域沒有時間術法，可能遭到不明破壞。」學長認真地把話講完。言下之意就是西瑞高機率打進那幾個疑似被奇美拉破壞的地方，所以沒法完全時間停止，我們可能要等待更久。

話才說完，最外層防禦壁前已經盤據滿各式各樣的存在，有黑有白還有一堆根本沒見過的混合種族，無法忽視的大量視線感牢牢盯著我們這邊，嘗試著想看穿結界內到底是何方勢力搶奪了入口。

學長按住我的腦袋，把我往後撥，西穆德也向前站。

「去做你的準備。」學長輕飄飄地瞥了我一眼，嗤了聲：「我們並沒有那麼脆。」

「沒嗎？」旁側的夏碎學長冷不防反刺搭檔一刀。

「……閉嘴。」學長白了拆台傢伙一眼，甩出水晶下放陣圖，密密麻麻的黑白共生圖案像巨大的蝶翼展開，圖文密集幅度與佔據空間比陣地結界還大，把我的尖刺陣和西穆德建立的大量防禦術法也囊括在內。

與此同時，西穆德出了結界，開始快速斬殺破壞防護壁的妖魔群——我總覺得比起操控術法，血靈好像更喜歡親手砍掉敵人。

學長並沒有真的過於自目挑戰我和夏碎學長的神經，大概是想表示他不是抽取自身殘敗的軀體力量，他預先拿出大量水晶和符紙飄散在四周，以外部能量借力推動陣法。

看他們應對的確游刃有餘，一旁還有米納斯幫忙盯著，我悄悄鬆口氣，抓著小飛碟，一點一滴地把祖傳的殺陣導進去。

說起來，雖然祖先的傳承都很亂七八糟，但使用起來莫名不算麻煩，應該說好像沒什麼阻礙，這幾次都很順利及時用出，不知道是每個得到傳承的妖師都這樣還是？

如果每個妖師都這樣，那近代的妖師簡直少了一百億遺產那種感覺。

但如果只有……？

會只有我是這樣嗎？

還是因爲我做了「那件事」？

沒有其他純血傳承的妖師可以詢問和比較，無從得知，白陵然與凡斯看上去也都沒有得到過。

地面依舊轟隆隆地震動。

天空出現四張巨大的臉，喜怒哀樂各佔據一張，居高臨下地俯瞰陣地結界，強壓震破了許多層守護，接著又被快速補上。

公主安全點的水晶柱終究提供了強力後盾，至少短時間內有充裕藍條補充，遊走在外的西穆德也會自行吸收戰場氣息，外圍線的公會等種族勢力沒有退卻，嘗試重新拉起禁地阻離線，戰況竟然就這樣暫時膠著著。

接著，原先正在專注灌飛碟的我，突然恍惚了一瞬。

地底入口處綻開一片火焰色，瞬間擴張的大片大片陣法圈將所有人覆蓋。

意識被下拉時，出現在我面前的是一片金光閃閃、微風吹動，以及波浪起伏的廣闊草原，間時還可疑地出現隱約的七彩光暈。

某種巨大的獸形輪廓飄浮在空中，彷彿腳踏七彩祥光。

我按了按有點被刺痛的眼睛，這片草原眞的太金了，金到讓我回想起那些發光的金條與大飯店，眼睛都被閃到有點飛蚊症發作。

……眞沒想到會有這種意識顯像，你們腦子裡只有這種低俗的金屬嗎。

還來不及講話，這個巨獸輪廓竟然搶先開我一槍。

這看起來會是我的意識背景嗎眞夠沒禮貌！

啊……我倒是認識有個會有這種腦內畫面的傢伙。

唉算了，快點做完試煉問題，我想換個地方沉睡。

我都還沒說什麼回敬，巨獸輪廓繼續發出嫌棄金光草原的聲音。

嫌屁嫌！當心有天遭到報應赤貧，想看點金粉都看不到！

「你是誰？」在這片一望無際的金色草原裡，我沒看見其他人，也感受不到米納斯連結與我的力量。

小傢伙選擇信賴你們，那你們即是受試者。

你們？

我皺起眉。

巨獸輪廓並沒有回答我的疑問，一個聲音落在我腳前，是一柄金到散發七彩流光的小刀，這個審美讓我和巨獸同時點點點了三秒。

咳……

獸王族的考驗非常簡單。

放出足夠的血液，試煉場出口門扉即可打開。

你們願意爲了戰鬥中的獸王族，犧牲己身一部分甚至生命嗎？

不要以爲這是意識層不會有傷害。

傷害確實存在。

「這不是廢話嗎。」

我一腳踢起小刀握在手上，毫不考慮切開另一手的掌心，鮮血爭先恐後從傷口冒出，金色草原斑斑駁駁地染進了赤紅色彩。

身爲立場相對的妖師，倒是乾脆。

「畢竟在我需要幫助的時候，西瑞也從來沒有猶豫過。」

或者該說，連我不知道該不該尋求幫助時，西瑞一直都在悄悄幫忙我。

感受著血液失去，我隱隱可以感受到深處的一部分靈魂被燒灼著，如同這個巨獸所說，傷害不斷增加中。「附帶一提，我們並沒有立場相對。」

高處的巨獸輪廓似乎一直垂眸盯著我，視線感始終存在。

虛弱感逐漸湧現時，上方傳來很低的嘆息。

你聽過關於星星的故事嗎？

「什麼？」

這個疑問沒有被回答，一股巨力猛地把我彈開。

睜眼瞬間，我看見學長、夏碎學長都單膝跪在陣法圖原處，連還在昏迷的哈維恩都沒有倖免，三人身上出現不一的力量耗損感與殘剩的紅色術法微光，米納斯正在狀況比較嚴重的學長身邊移動回歸的藍色小飛碟，見學長緩解後，才把小飛碟移轉回哈維恩。

不明的試煉居然同時把我們四個都帶進去嗎？

情況未明，學長兩人已重新站起身，面面相覷瞬間，我們立即明白應該是去了同個地方，從彼此掉狀態的模樣來看，大家都選擇切自己一刀。

下秒西穆德閃身進陣地結界，手上的長刀纏繞著極為濃厚的血腥味，整體倒是沒有受到什麼傷害，看來遭到物理打擊和心理打擊的都是別人。

陣地結界的上方突然展開了光門。

同時，結界外再度傳來劇烈震盪，顯然那四張臉不耐煩慢慢破解防禦，直接在高空給我們一發大的，整個結界彩色內壁倏地出現好幾條裂縫，歡樂的色彩變得更多采多姿，都不知道該緊張還是該跟著嗨。

我抓緊流星，在第一時間拋出小飛碟。

敵我不分的小飛碟瞬閃消失在空間彼端，但沒有立刻爆炸，我思考了兩秒該不會和丟出的姿勢有關時，兩道超大黑影從我們面前爆出來，接著是被關在地底的凶獸與奇美拉現身。兩獸目前呈現四不像被按壓在地、而西瑞凶獸正往牠幾張臉輪流啪啪啪拍巴掌，姿勢十足像貓貓在打地上的蟑螂。

「……？」

還沒搞清楚他們是鬥毆到什麼階段了，我身上流動的力量猛然被倒抽近九成，結界壁外相應發生爆裂轟響，遲來的流星終於在外面撞擊它想撞的東西了，我們連毀滅級畫面都沒看到，眨眼火海噴發，恐怖的壓迫感包覆陣地結界，狂暴程度達到每秒都在狂削我們的層層結界壁，還凶殘地不斷瘋狂上下左右搖動整個禁地區域。

踉蹌兩步站穩身，我甩甩頭，好歹這次留了一點藍和命給我，不至於當場倒地。

西瑞對不同種的凶獸呼巴掌的行爲也停止了，奇美拉一堆臉呆滯地張大嘴巴，可能沒想到被拖上來地面迎接牠的是末日風景。

接著凶獸往奇美拉的臉分別重重捶幾下，把這玩意打暈了，西瑞才轉回人形，一腳踩在好不容易被結界穩定下來的地面，張嘴瘋狂抱怨：「你們竟然沒有等本大爺上來再毀滅世界！」

「不不，世界還在。」我看著昏厥的奇美拉，一旁的學長順勢彈出幾個術法，粗大的銀色鎖鍊把翻白眼的奇美拉牢牢捆在原地，連四肢都裹上一層極厚冰霜。

「哈？你們上來這麼久還沒毀滅世界？」西瑞露出不敢置信的表情，隨後注意到躺在陣法上的哈維恩。「他又怎麼了？」

「等哈維恩醒再問他吧。」我其實也搞不懂夜妖精最後是發現什麼，但我隱隱覺得學長他們說不定知道，畢竟看他們對夜妖精的貿然行動似乎沒有很意外的樣子。

「……那現在？出去殺一波？」對於火海或是攻擊者們的壓迫，西瑞一律當作是對他的挑釁，且打算衝出去輸贏。

「不行呢，趁著外界視線被遮蔽，我們要改換地方了。」夏碎學長笑吟吟地接住反彈回來的「流星」遞給我。「這地方無論是療傷或用餐都不方便。」

「對，走走走！」西瑞立刻放棄毀滅世界和出去狂揍別人的打算，「有什麼好吃的？便當？炸雞？」

夏碎學長一邊在地上點亮傳送陣法，一邊說：「嗯～我們可以去買好吃的，或者吃我們準備的便當。」

我內心有點微妙地看著這號稱休假中的紫袍，無法理解爲什麼他身上會準備便當，但不妨礙我覺得這點可以效法，下次直接先貯存三十個池上便當拿來作爲西瑞的釣餌。

米納斯的幻影消散，外面依舊火海強強滾，看樣子那些勢力忙著被火海爆米花，應該沒法第一時間阻止我們轉移。

天時地利人和。

「快閃人！」

第二話　抉擇

我們被夏碎學長傳到哪裡暫時不知道。

落點位於廣大湖泊旁的一片碧綠草地，方圓百里杳無人蹤，眾人落地那瞬間，所有蚊蟲動物全都被奇美拉這個氣勢磅礡的巨獸給嚇跑，即使這東西狀態昏迷還被打腫臉；然而該有的凶獸危險氣息仍在，以至於我們還沒開始動手淨空，周邊已清到連湖裡的魚都逃得乾乾淨淨，甚至各種植物都悄悄地拔根挪動。

學長扭頭對昏迷中的奇美拉設置幾個術法，遮蔽這傢伙不斷散發的戾氣，這才讓小生物們的騷動稍微平息。

夏碎學長則是重新設立陣地結界，和西穆德一起合作調整，把能量走向牽到附帶的治療圖陣，使其盡量發揮最大功效。

「所以你在地底是什麼試煉？」先將哈維恩揹到重新架構出來的治療陣法安置好，我抓住正想向夏碎學長拿便當的某殺手，意識到他態度過於隨意，好像不知道我們四人發生的「試煉」，隨手先塞一包零食給他，趁人防備降低的瞬間反手猛地把他的上衣掀起來。

西瑞看上去沒受什麼傷，但帶有一股血腥味，一翻果然衣服底下的右腹側出現了還在滲血的爪痕，四條深深血痕幾乎見骨，整個怵目驚心，我連忙放出水藍色小飛碟幫他治療，將人也快點推到治療術裡。

「大爺不小心被打一下，小意思。」毫不在意的西瑞拆開零食往嘴巴裡倒，為了表現沒事，他還伸手想往傷處拍拍。

「小意思你個頭。」我送他一記白眼，隔開不安分的爪子。

一邊的夏碎學長指揮不知從哪爬出的金眼黑蛇攤開野餐墊，看起來還真有要放飯的意思。

我看了看沉默的學長，半精靈沒想要啣一聲，我只好繼續開口：「你是怎麼從地底出來的？」

西瑞叼著餅乾，抓抓腦袋，「大爺也不知道，反正就是打了半天，突然撞到一道光裡面，然後就出來了。」

果然是這樣嗎？

沒打算隱瞞他，我把我們遇到的草原、巨獸輪廓，與奇怪的放血試煉簡單描述給西瑞，當然沒有自殘提出金光草原的模樣，反正這傢伙腦袋裡出現金光、七彩、爆炸都是很正常的事，幹嘛提出來自己二度精神傷害呢。

「那啥玩意？」西瑞微微挑眉，「大爺沒遇到，你們沒事吧？」說著，他一把抓住我的肩膀上看下看，還轉了兩圈。

「……是還好。」其實精神深處還有點若隱若現的灼痛，不過我猜我們裡面最衰小的八成是學長，原因不明，但我覺得最大因素或許是他本來就還沒痊癒，然後傷上加傷，眞是防不勝防，晚點再去逮人逼問。

等等，那哈維恩說不定比他更慘，只是因爲人現在昏迷，一時間看不出來。

「以後你們別幹這種事啦，大爺就算把地底拆了也可以出來。」西瑞瞇起眼睛，把我們一群人轉了一圈，確認眞的無礙才呸呸幾聲：「要相信本大爺！大爺是地獄終結者！I'll Be Back！」

這是往電影發展了嗎？

不得不說還眞會挑片。

「呃，我們很相信你，不過試煉是自己打開的沒得選，還是要應付。」我是完全相信西瑞可以把試煉和地心都打穿啦，但我們外面可能撐不住，還不曉得流星攻擊到底傷到多少，總之能跑就跑，並不想耗紅藍條跟那些傢伙拚無意義的車輪戰。

「嘖，下次不能這樣。」西瑞還不忘碎碎唸兩句。

「啊是是。」隨便敷衍兩句，我看向學長，那個試煉最後的問題讓我很在意，而且我總覺得疑似在哪裡聽過。

關於星星的故事？

「這個，殺掉嗎？」西穆德左看看右看看，發現大家都在做自己的事情，沒人要決定奇美拉的處置，遲疑地發出詢問。

「啊，那玩意只是個殼。」西瑞乾脆一屁股在原地坐下，讓小飛碟方便治療，接著掏出他和夏碎學長在一堆關卡裡，抓到很像狗的那隻不明動物。「核心在這裡。」

周圍的人紛紛看過來。

「被分離了嗎？」夏碎學長走過來，蹲在一邊凝視低垂腦袋、假裝什麼都不知道的狗。

「真是令人意外。」

「對吧，都沒發現，打到一半時大爺突然發現這兩隻傢伙在偷偷共鳴，才分心被抓一把。」西瑞抓著狗的後頸甩了兩下，正在裝死的狗直接翻白眼，繼續擺爛，意圖表示牠和奇美拉完全沒關係。「吶，漾拿去玩吧。」

狗被丟到我手上，我立刻掐住秒跳起想逃跑的怪狗。

「我來吧。」學長大概有點看不下去我們亂丟動物，伸手把瘋狂掙扎的狗提走，然後把這東西貼在奇美拉身上，接著開始在四周畫陣法圖。

我們尾隨過去看，等到陣法被啓動，奇美拉與狗的身上顯現出一模一樣的術法紋路，明顯也是炎狼的手筆，眼見逃不了，狗不甘不願地化成一道虛影跳進奇美拉體內，隨即被捆在地面的異生物緩緩睜開眼，抬起牠幾顆腦袋，一堆變得很鮮活人性的眼睛忿忿地注視著我們。

西瑞一揮拳頭。「還欠打是不是！」

奇美拉立刻低下腦袋。

暴力雖然可恥，但在某些時候有效。

「怎麼辦？放生嗎？」話說回來，這個放生沒問題嗎？感覺就是會破壞環境啊！

「不行，這是大爺送你的友情信物，只是變大一點，不用花時間養了。」西瑞秒駁回隨地放生的選擇，堅持維護信物留存的權利，「而且大爺打贏了，已經獲得契約印。」

「是的，有契約印，除非持有者解放。」西穆德微掀開奇美拉身側的毛，底下的皮膚若隱若現巴掌大的獸爪印，周邊還有一小圈金色符文，力量氣息與西瑞一致。

「這傢伙是在做壞事途中被逮到，被捉來當看門狗，但是牠不服氣一直想逃跑，所以和公主訂了契約，如果闖關者失敗牠就可以自由，相反地，契約印就會轉移給勝者。」西瑞跳起身，對巨大的奇美拉比劃：「牠弄死很多活物，還在服監，剛好給你當騎獸，心情不好還可以照三餐打。」

這是什麼會被檢舉不良讀物的言論！快閉嘴！

「不要。」不說現在我可以ＤＩＹ弄騎獸，這傢伙一臉看上去不服管教還要攜帶照顧耗費糧食，整個就是貼滿麻煩標籤，直接用黑色力量代步不是更好更方便嗎，還可以隨時隨地換造型。

「那捏死吧，反正不是啥好東西。」西瑞一擊掌，爪子瞬間甩出來。

乍聽弄死很多活物，我覺得好像捏死也無所謂，可是公主既然讓這傢伙在地底服勞役，應該有免死的理由，直接捏死似乎哪裡不對。「先等等，具體是哪些壞事？」這可以決定要讓牠死緩或死刑。

「不知道。」西瑞歪頭。

「……那你捏個屁。」萬一有什麼內情呢！

我猛一轉頭，看見夏碎學長站在奇美拉側邊，這位仁兄不知道幹了什麼，山羊那顆腦袋突然嗚嗚咽咽地爆哭起來，看起來非常可憐，好像死全家。

……

……

又在搞什麼？

三十秒沒注意直接跳劇情嗎？

「啊，稍微做了些良性溝通。」夏碎學長發現我們全部人都盯著他看，露出一個溫順無害的笑容。

是什麼慘絕人寰的良性溝通可以讓奇美拉痛哭流涕？

夏碎學長咳了聲，並沒有解釋他們剛剛到底幹了什麼不爲人知的事，總之我們重新看向奇美拉時，正好看見牠的同身兄弟往羊臉上打了一巴掌的嫌棄畫面。

「來吧，說出你的故事，不然把頭一個個剁掉。」西瑞兩隻爪子都甩出來，準備再毆打對方一輪。

「既然有契約印，可以直接命令。」學長按了按太陽穴，面對正在放話的智障，頭很痛的樣子。

「漾～上！」西瑞擺擺手。

「……契約印還在你身上。」上屁喔上！

「沒啊剛剛給你了。」某殺手歪頭。

我秒抬起手，還真的在我手背上看見逐漸下沉的獸爪金圈印。

這東西轉移這麼快的嗎！

有問過我的意願嗎！

「契約轉移條件這麼寬鬆嗎？」夏碎學長露出一樣的疑惑，順便幫我問出口。

「對欸，轉好快，漾你會肚子痛嗎？」西瑞好像這時才發現契約印轉移速度不科學。

肚子沒痛，腦痛。

如果不知道你是我朋友，會以爲你天天都想謀殺我。

學長抓住我的手掌，用探測術法檢查了半晌，才開口：「正常轉移，沒有負面影響。」

幾個人莫名其妙地你看我我看你，沒人知道爲什麼這種堪稱與靈魂締結的契約可以無痛對轉得這麼迅速，甚至沒經過我的允許。

雖然我想甩鍋給別人，但還沒問過西瑞意願，只好嘆口氣，深沉地看向奇美拉，發動那個奇怪的契約印，複述了某殺手的中二話：「來吧，說出你的故事。」

奇美拉幾顆腦袋都轉向我，那張羊臉微妙地還很委屈。

這隻異獸的外貌其實滿「正規」，不同的臉是由大眾所知的獅、羊、蛇組成，其餘部分雖然略有出入，但大致不差。

三張臉卡頓了數秒，最後是蛇發出了一連串嘶嘶聲，喉嚨深處傳出很沙啞的幾個音節，傳遞出來的竟然還是大家都可以聽得懂的通用語。

「……忘記了……」

奇美拉被我和西瑞聯手打了一頓。

失去的記憶就像放去的屁，即使挨揍，奇美拉還是想不起來。

這隻在地底服監不知道多少歲月的凶獸被關到腦殘了，又或者是被關之前就已經被公主打到腦殘，總之牠對生前的記憶很模糊……抱歉，牠對多年前的記憶很模糊，隱約只記得自己殺害很多生靈被抓，然後與公主有協議，但更之前的事情記得的並不多。

學長按著嵌合體幾顆腦袋來回搜查，還眞的讓他在腦殼深處發現異樣。「有記憶封印，但經過本人同意。」

言下之意，奇美拉的腦殘是牠自己決定的，然後牠連爲什麼都忘記了，幾顆頭略呆滯地盯著學長，彷彿他在說什麼天方夜譚，滿臉「不可能那不是我你在練肖話」的反應。

「嗯，就是你自己同意的，解開唯一的路徑就是你設下的暗鎖。」學長點了顆小銀光在蛇的腦殼，很快奇美拉就確定記憶消失有牠一份，然後幾張臉露出某種哀莫大於心死的表情。

……看來是連怎麼解鎖都忘記了。

總之這隻奇美拉目前看上去沒什麼用，我捏著契約逼牠縮成吉娃娃的大小，拎起來交給學長處理，看看有沒有別的方法繞道解開記憶鎖，找回傳說中的過去。

暫時決定好奇美拉的去向，我走回哈維恩躺著的位置。

在禁地時沒條件，現在環境姑且算安全，夏碎學長就布置了躺起來比較舒適的地墊薄毯等物，底下治療術法持續運轉。

我們幾人身上的藥物都貢獻出來，順便望天感嘆先前哈維恩真的準備太多，他一趴下，我們活生生少了各種針對性藥物的幫助。雖然學長、夏碎學長和西穆德都學過通用醫療，但幾人皆沒專門學過針對屬於黑色種族的夜妖精的單體治療，因此只能沿用大眾的治療方式。

反倒是哈維恩先前自行惡補了大家的個體藥物學和治療術，一個夜妖精獨挑全隊多種族治療。

想想他這輩子真的有夠勞碌命。

還沒薪水。

幸好大約半小時左右，哈維恩就逐漸轉醒。

夜妖精恢復意識時西瑞正坐在旁邊大吃特吃，見對方睜開眼睛，一把巧克力就塞過去。

「先不要。」我看哈維恩大概還有點恍惚，居然沒有拒絕快到嘴邊的食物，但也沒有要吃的模樣，連忙阻止西瑞，順手把想爬起來的傷患壓回去，比出三根手指。「知道這是幾嗎？」

「……我沒事。」哈維恩抬手拂開我的手指。

其他幾人圍過來。

確定不會又突然爆血，才把哈維恩扶起來，靠在夏碎學長堆疊的物品上半坐著。

喝了幾口水和藥，終於緩過來的哈維恩大概也知道我們想問什麼，那隻一直緊握著的手掌慢慢打開，血肉模糊的掌心裡躺著一塊小指大的鐵灰色碎石和寥寥數語的拓印。

碎石看不出來是什麼，很可能是亂流崩毀時古地圖掉下來的東西，沒有力量感，就與路邊撿到的石頭很相似，文字拓印則是最後那一小段細碎模糊的文字。

「不知道爲何，有瞬間……感到很重要。」哈維恩閉了閉眼，打起精神形容。

夜妖精在時空夾縫要爆掉那時全身倏地毛骨悚然，某種極爲嚴重的預警提醒他一定要去接觸那塊古地圖。種族們非常信賴這種危機預感，因此判斷不會喪命的剎那，哈維恩就直接披著防禦圈衝上去。

但不得不說還是很冒險，幸虧撿回一條命。

我看了一會兒也不知道是什麼，傳遞了一圈沒人看出所以然，最後讓米納斯沖乾淨之後還給哈維恩收起。

「對了這是哪裡？」見哈維恩氣色依舊很不好，我詢問夏碎學長，如果安全的話就再休息一會兒，不然我們必須冒險轉移到醫療班或其他可以更好治療暫歇的地方尋求幫助。

「混亂場域內部喔。」夏碎學長理所當然地回答。

……？

有瞬間我以為我聽錯。

「混亂場域內部。」微微笑的某紫袍重新複述上一句。

我捏捏眉頭。

又搞事啊你各位！

所以為什麼會進來混亂場域！這地方這麼容易進的嗎？

「我以前與冰炎在這裡面的安全區做過一些座標，現在看起來，依舊可使用。」夏碎學長絲毫沒有那種「啊我拖著一大堆人衝進未知危險區域」的自覺，帶著沒殺傷力的溫和笑容，幹著殺傷力極高的事。「你與米納斯閣下望著的不就是這個方向嗎。」

「嗯？」我愣了下，沒想到夏碎學長竟然會注意到我和米納斯那瞬間的分神。

「混亂場域內有什麼？」學長見我若有所思地沉默著，開口詢問。

我攤開手，掌心上有個術法轉繞出來。

這是流越替我們製作的尋找米納斯眞身的指引，先前找到心臟後，我們以爲可以很輕易找到身軀，沒想到指引一直沒有反應，直到剛剛不經意地輕盪了下，現在整個術法像是活起來似地，團團轉動的術法圈裡出現一條極淡的線光沒入空氣，射進危險的混亂場域內。

「有東西從混亂場域爬出來那瞬間突然啓動。」我盯著手裡的小術法，心裡百感交集，好像什麼事情都撞在一起了。二十七的約定之日到來，在混亂場域又遇見疑似米納斯身軀的位置……重柳很重要，但米納斯也同樣極爲重要。

「先去重柳族。」米納斯的聲音在我腦海裡傳來，柔軟且堅定：「既然已鎖定方位，那麼我便不急，你也別急。再如何變故，也不會比現在這樣更壞了。」

「……嗯。」

正在各種內心百感交集之際，我們所在區域左後方傳來一陣陣空間波動，似乎有某種東西在看不見的地方引動了虛空氣流，並發出很細微的裂開聲響。

回頭望去，果不其然是平空被開了直立縫口的畫面，空間裂出約莫一個成人的高度，接著是二十七冒出來。

又一個自由自在闖空門的。

「嗨～混亂場域歡迎您～」

我抬手向二十七打招呼，後者大概沒想到是這反應，可疑地頓了頓腳步，隨即好像什麼都沒發生過似地將空間開口閉闔。

在他側身動作時，我突然發現不太對。

二十七手邊夾了個白色的東西，看不出面目，但從輪廓看上去，很像夾了一個很小的幼童……？

拐小孩？

重柳族回過頭，迎接他的是好幾雙透出奇奇怪怪視線的眼睛。

「綁架？」西瑞盯著那個幼童輪廓。

「不是。」二十七立刻反駁。

「你出任務帶兒子？」西瑞倒抽一口氣。「英年早婚、婚後帶球、球童奔跑！」

球童不是這個意思不要亂用！

「……不是！」二十七連忙把那個小輪廓提起來，在雙手裡握成一顆彈珠般的小圓球。

「哇塞！當眾毀屍滅跡！」西瑞跳起來。「就是這個人！警察先生！」

這猜測越來越獵奇了。

還有你一個殺手報個屁警察！

※

被潑了一波髒水後，二十七好不容易才解釋清楚那個小輪廓是一片殘魂。

先前與我們約定二十日後，他就一直在時間長流裡搜尋各種可能，這片殘魂是在軌跡裡碰巧尋到，但很可惜不是重柳，只是按照使命，他同樣須帶回淨魂池超渡，好讓對方日後重新爲人。

西瑞慢慢坐回去，在夏碎學長給的食物箱摸來摸去，最後摸出盒牛奶糖遞給有點僵硬的重柳族。

二十七當然沒接，但他的魂鷹接了，完全無視人形搭檔意願的魂鷹蹦下來，秒叼走整盒牛奶糖，爪子上吊掛著拳頭大小的命蛛，就振翅衝到更遠處的草地上大快朵頤，那畫面一度很尷尬，被拋棄在原地的重柳族望著給自己一個屁股的飛禽與蜘蛛，腦袋上只充滿了很多點點點。

「鳥和蜘蛛都比你會吃。」西瑞很嫌棄地看著二十七，一臉「你看看你」，然後又遞了一塊新的酥餅過去。

「……」

二十七面無表情，一雙超脫塵世的眼睛凝視著人間食品，下秒就被西瑞直接塞到手裡，呈現一個吃也怪怪、不吃也怪怪的畫面。

最後解除他窘境的還是魂鷹，三兩口吃完牛奶糖的魂鷹帶著命蛛飛回重柳族肩膀，繼續吃人形生物餵給牠們的甜點。

「你怎麼會來這裡？」我站起身拍拍衣襬，認眞思考了兩秒要不要提醒二十七魂鷹甩了一點點酥皮的渣渣在他肩膀上。

不過看他好像不介意被當成用餐盤的模樣，想想算了。

我們來混亂場域是意外，二十七看上去也不像專程追來，畢竟他手邊的靈魂碎片都沒收好，感覺來得很倉促。

「感受到時間夾縫崩裂。」二十七低聲回答。

「夾縫你的？」到底是太巧還是他非法倉庫開太多？

二十七搖頭。

夏碎學長也起身，手上多了一小盒餅乾，一邊餵食魂鷹和蜘蛛，一邊與話少的二十七溝通。隨後我們大略知道爲什麼重柳族會出現在這裡。

時間夾縫雖然爆了，但裡面殘留一絲我們的氣息，對擅長追蹤碎魂的二十七而言，已足夠他鎖定對象。另外就是禁地那一爆，消息幾乎瞬間傳遞到所有監視禁地的種族內，重柳族也不例外。當然，因爲我們隱蔽了腳印，外加那場火海大爆炸消除了蹤跡，除了先接獲申請的公會以外，基本上暫時還無人聯想到我們身上。

雖說這年頭不是人人都會放火燒聖地……禁地。

靠啊年輕時的記憶又攻擊了我一下。

總之，二十七會發現是我們，源於他在毀滅的時間夾縫裡發現殘留的痕跡指向那個倒楣的禁地，腦袋沒壞稍一判斷就可以和我們連繫起來，於是便匆促地趕來善後。

來此之前，二十七花費了一番工夫，在時間軌跡裡把那段痕跡抹滅，殘魂就是在附近碰巧被魂鷹叼出來。

「只有我發現。」二十七淡漠地說：「不用擔心追兵。」

不對。

並不是只有他發現。

我瞇起眼，想起推了我們一把的那個人。

雖無法確定身分，但必定也是一名時間種族，而且力量極強，等級絕對比二十七還高，所以二十七沒有發現「他」的存在。

暫時無法判斷是敵是友，但從他幫了我們的行爲來看，並沒有惡意。

或許是同樣遊走時間軌跡的某個時間種族，正好路過好心幫了一把？

看向說不定也有注意到異常的學長與夏碎學長，他們兩人沒有表示什麼，加上二十七在場，我沒立即提出疑惑。

大致交代過程後，二十七的目光落在縮小的奇美拉身上，若有所思。

「認識？」我彈了下手指，黑犬跳了出來，把想跑開的吉娃娃奇美拉叼過來，丟在我們面前。

沒有第一時間回答我的問題，似乎想確認什麼，二十七微微俯下身盯著奇美拉看了有一小段時間，而這隻嵌合體原先還一副不以爲然的態度，但在兩分鐘後突然一個僵硬，出現了類似作賊心虛的反應。

單單這麼一瞬間，我捕捉到奇美拉心裡陰暗的詛咒低語。

號稱什麼都想不起來的奇美拉在內心扭曲地希望二十七不要開口關於牠的事情，有瞬間還露出殺意。

認不認識不知道，但絕對有某種不愉快的交集。

「應是伏水一族曾解放過的結合獸之一。」二十七並沒有把奇美拉的惡意看在眼裡，直起身，淡漠地說：「廣稱奇美拉，個別被取名姆納，原該駐守伏水神廟，但神廟封閉前，原因不明地失去蹤影，改由另一名守衛者取代。」

……這背景環境還真有點耳熟。

奇美拉瞪視著二十七，但沒辦法撲上去做什麼。

「沒有記憶，不過還記得自己幹了某些不能被說出來的好事對吧。」我看向奇美拉，嵌合獸的幾顆腦袋瞬間繃緊。

可惜二十七只是大概知道奇美拉的來源與名字，卻不曉得牠心虛的緣由，所以暫時只能先將疑問收著，等之後有時間再來搞清楚奇美拉隱藏的事情。

以及所謂的伏水神廟和我們所知道的那座神廟是否同一個。

若有所想地盯著假裝什麼都不知道的奇美拉走到旁邊，我開始覺得，說不定西瑞把契約印轉給我是件好事。

某方面來說，搞不好真是有意思的伴手禮。

※

哈維恩甦醒後，治療速度變快許多。

主要是他身上的專配藥物起效，輔助陣法與夏碎學長的幫助，皮肉傷迅速好得七七八八，我們原地休整了一會兒，沒過多久夜妖精就表示可行動，並拒絕我們再讓他歇息的建議。

我把米納斯的事重新向大家說明，因爲米納斯本人依舊堅持先赴重柳淨魂池，最後只好由學長和夏碎學長替我們標記指引點，屆時重返便可以從這個地方繼續往下追蹤。

天真單純的重柳族可能擔心我們等等又要繼續餵養魂鷹和蜘蛛，轉頭同時快速撕開空間，不想讓人搞事的意圖極爲強烈。

說真的，那兩隻看起來好像還眞有點遺憾，幾雙眼睛盯著夏碎學長手上空掉的盒子，磨磨蹭蹭地老實蹲回二十七的肩膀。

「出發啦～」西瑞咧嘴，心情愉快地拋拋手上的鐵黑色不明物體。

……

………

靠杯喔！那又是什麼東西！

為什麼有一股火藥味？

我猛地轉頭看哈維恩，之前不是說賣核彈的不在嗎！

哈維恩可疑地懂了我的眼神問句，連忙搖腦袋，表示他也不知道。

曾經被地雷炸過禁地的二十七秒關上空間裂縫，眼神都變了，極度警戒地看著西瑞手上的鬼東西。

西瑞看著一堆凝視他的眼睛，用一種大家都太大驚小怪的語氣開口：「安啦，這不是上次那顆。」

廢話，上次那顆早炸了。

「總之，你先收起來。」不想給予重柳族精神壓力，我誠懇地希望殺手家族的朋友別過早亮凶器。真的要炸，等激進派出來再無預警崩他們臉不是更好嗎。

確認我們把地雷收掉，二十七才重新打開通道。

「不可以在聖地放會爆炸的東西。」

過於老實的重柳族，在數千年的生命路程裡沒直面過這種機車的獸王族，最後只能憋出這麼一句行前警告。

沒意外的話，在他心裡我們大概已經和恐怖分子畫上等號了。

一旁的學長提起奇美拉塞進不知哪來的小獸籠，附帶嗤笑了聲。

不要看笑話！

勉勉強強相信我們不會搞事後，二十七再次打開的道路終點在重柳族聖地入口前。

原本寧靜肅清的聖地門口猛然多了我們一大群人，還各個帶有可疑的食物味道，霎時突然被拉低格調，無比像是低年級校外教學旅行團。

如果沒看見就算了，偏偏本應無人的聖地外圍此時多了不少人，很可能駐守的重柳族族人來了大半，一雙雙兜帽下的眼睛如此刺眼地盯著我們。

首當其衝站在我們正前方、接受這突如其來視覺打擊的是一名陌生重柳族，此人穿著繁複沉重的長袍，看起來不像是會拔刀跳起來打人的近戰類型，應該是術法系，他的腳邊臥著一隻秋田犬大小的灰黑色命蛛，蛛背上有白色的圖騰印，中心特殊五角印裡面有一隻眼睛的圖案，不知道象徵的意思是什麼。

「大祭司。」前陣子來交涉過的夏碎學長低聲，悠悠哉哉地替我們介紹臭著一張臉的老者身分：「重柳族渡魂大祭司。」

大祭司哼了聲，一張老臉活像來人欠了他八百五十萬。

「……」上次地雷沒炸到他吧？散發這麼重的怨氣，更年期？

倒是我記得這老頭上次幫激進派的開門追殺我們，有機會回頭蓋他布袋。

「哼！」服裝厚成一團球的重柳族大祭司再度從鼻子發出不滿的聲音，完全不歡迎訪客。

喔，搞不好眞的疑似爆過他。

畢竟那顆核彈屬全體攻擊。

呵呵，沒關係，反正我不爽他他也不爽我，大家相堵會到，就看之後誰先動手誰先走。

二十七沒解釋，大祭司也沒解釋，兩人活像去過拔舌地獄一日遊的無口何其相似，以至於我們完全不知道爲什麼重柳族的大祭司會出現在這裡，雖有敵意但沒殺意，默許二十七帶旅行團進聖地……也就是說他知道我們把重柳的靈魂塞在水池裡面了。

從二十七的態度可知靈魂沒被掏出來，表示大祭司一反先前開聖地讓人追殺我們的做法，暫時站在同意的立場；作爲可以開聖地的唯二人選，既然被允許，看來可以不用過度擔憂重柳無法養魂。

所以後來保守派和激進派的溝通起作用了？

眞稀奇。

我回過頭，感覺得到聖地外圈殺氣騰騰。除了大祭司，稍後面一些也有不少穿著祭司長袍的下屬，再來是很多沒有現身的重柳族正在暗處注視著我們這群人，並且大多滿懷不友善，然而基於某種原因沒有抄刀當場砍過來，我很努力憋住才沒祝他們全體此時此刻摔個狗吃屎。

長年被他們凶惡地喊殺喊打，現在蹲在外面這麼硬忍眞讓人有夠意外，我都已經準備好到場先發生一次鬥毆，進門再一次鬥毆，去靈魂水池那邊又一次鬥毆。來個聖地三連打起跳，現在居然一場都不用，連地雷都省掉了，莫名受寵若驚。

他們該不會全族被洗腦了吧？

還是吃到毒菇全體烙賽沒時間找我麻煩？

胡思亂想幾個可能性，一抬頭就看見二十七和大祭司正在開啓聖地，魂鷹原地起飛，在高空愜意繞圈圈。

「汐水族的事情起了些效果。」學長見我發散思維的樣子，低聲說道。

清王二子的留言嗎？

但上次回來時，二十七應該就已經轉告，結果還是被找麻煩，怎麼突然想開了？良心發現？良心被狗吃了？良心煎煮炒炸了？

依舊得不到前面帶路那兩隻重柳族的解釋，學長也只猜測了一、兩句，我們全體一頭問號跟著，看來沒被惡言相對，大家都不太習慣。

要不然他們還是來個代表，衝個人出來砍我們，然後被我們踩在地上捶吧？這種流程不是大家都比較熟悉嗎？

總之一直到我們通過重重白霧、走到上次聖地中心時，還是沒有人衝出來揮刀，一路上平靜到不可思議。

論，有個會說話的人之重要性。

因爲大祭司在，二十七不好越過對方，這次打開祭壇的人變成重柳族大祭司，他拖著一身布料，很正式地在光束前吟唱一大段古老歌謠，隨後喚出隱藏其中的祭壇。

……所以上次二十七沒有這樣正式誦唱是跳過正規步驟嗎？還是他實力根本比大祭司高很多，不用吟誦就可以動用術法了？

「族內取得共識，爲了償還兄長的人情，默許這兩次的行爲，不提起、不追究。」退下等大祭司表演時，二十七站在我們旁側，不曉得是不是終於感受到我的內心吐槽，低聲開口：

「『他』終究是時間的一員，時間長流包容魂靈，重柳族承認世界軌跡給予的審判。」

喔對，都忘了二十七是那位第二子的弟弟。

說到底，還是上一次我們搶先把靈魂塞進淨魂池才有現在的承認，沒塞進去的話，今天可能又是另外一種場面。

清王二子的人情十之八九用在我們爆破聖地上，看來當時汐水族裡的帶話比我想像的還要重要，不然今天換成我家祖墳被地雷爆炸，我直接把對方的皮剝下來。

上回汐水族裡的清王二子留的遺言只有兩個重點，一個是重柳族被騙了，一個是停止對妖師的追殺。

所以重要的是哪個？

基於後來還是有追殺我，看來重要的是「被蒙蔽欺騙」這一項。重柳族一開始沒甩二十七的帶話，隨後種種事故、甚至把二十七逮了，直到他們可能做了某些驗證，之後……也就是現在，態度才轉變。

被騙了什麼呢？

想想，決定問二十七，還沒開口那個大祭司就把祭壇開出來了，布料老頭一轉過來，二十七瞬間噤聲，扭頭走到旁邊去，一臉我們不熟的樣子。

「那兩個，過來！」

懶得和我們講話的大祭司指向我和學長，甩手逕自走進祭壇。

不知道什麼時候，外圍陸續來了很多重柳族的人，這些重柳族不管是穿戰鬥裝束或者長袍，統一遮蔽臉面，只露出一雙雙色澤不同的眼睛，個個帶著命蛛，連那些石柱上都出現了巨大的命蛛盤踞。

……喔，裡面居然有熟面孔。

追著我砍的激進派小隊伍也在其中，先前帶頭的男人正在遠處向我散發出凶惡的視線。

抱持著刻意耍賤的心態，我抬起爪子，對著那名重柳族獵殺隊揮揮。

「嗨～你快樂嗎，我挺快樂的呦～」

你不開心，我就很開心了。

最終激進派還是一刀砍過來。

第三話　繼續約定

「不要隨便挑釁別人。」

聖地的鬥毆並沒有爆發，學長和二十七把我們隔開，語重心長地說。

看著背景是怒火環身的獵殺隊隊長，莫名就給我種很想繼續挑釁他的惡趣味……怎麼說呢，搞不好我真可以和他打一架喔！他現在給我的力量感依舊很強，我可能還是會被壓著揍，然而已經不是打不了他的地步——畢竟他在我能夠稍微窺見實力線的程度，可以挑戰！

即使打不贏，也可以噁心他。

好想試試。

和我一起爆炸吧臭重柳族。

就在被他們殺害的魂靈面前。

「正事重要。」學長把奇美拉遞給夏碎學長，一手抓住我的後領，可能看出來我想報復的陰暗心思，就地把我拖走，直上祭壇樓梯。

我聳聳肩，稍微覺得有點可惜，不過來日方長，後面還有幾個力量閥的吸收，只要他們想繼續獵殺我，必定會讓我完成把這些凶手獻祭的願望清單。

背著學長，用食指朝獵殺隊帶頭那名男人點了點，我彎出個冷笑。

總有一天等到你。

獵殺隊一個暴怒又想衝上來，但旁邊有幾名穿長袍的重柳族攔住他們，看對方沒有殺氣的舉動，大概就是所謂的保守派。

哈，也是共犯，放任族內瘋狗到處亂咬。

我從來不認爲沉默、不阻止就等於無辜，比起外人，這些重柳族更有機會遏止憾事不發生，但他們沒有。

所以，我超討厭他們。

除了二十七和重柳，我偏激地平等厭惡整個重柳一族，希望他們早日爆炸。

夏碎學長等人站在原地，與重柳族人中間隔了一道分水嶺，兩邊互不侵犯，安安靜靜地看著我們四人進入祭壇的動作。

重回這裡，我很難說我有什麼心情。

但這次多了個無關的重柳族大祭司，我不想把我的心情表露出來，況且對他們的噁心還壓過原先的傷懷。

二十七曾經說過，重柳的靈魂被「反覆利用」，以至於他時間裡可填補的碎片貧乏到可憐，而這個聖地只有兩個人可以開啓，當時二十七對於他殘剩到稀少的養料感到疑惑又驚訝，這就表示二十七沒有參與對重柳的「利用」，那麼打開祭壇、讓重柳不斷清洗記憶和魂靈的，就是眼前這名大祭司。

死老頭。

學長按住我的肩膀。

……好，現在不追究。

不過不妨礙我悄悄在心裡詛咒他們上廁所沒水、吃飯噎到、睡覺被天花板砸到！

重柳祭司杵在那裡，包括我在內的三人整個沉默無比。

多個外人，麻煩。

「您先到陣位吧。」半晌，二十七發現這種僵持很浪費時間，終於開口把祭司請到比較遠離水池的位置。布料老頭走出一段距離，他順手布了幾個隔音術法，接著才轉向我和學長：

「這樣可以了嗎。」

我點點頭，收斂起對大祭司不遮掩的嫌惡，隨後在二十七的指引下，我與學長再次踏進水池中，迎來陌生又有點熟悉的冰冷感。

細細的靈魂言語又開始出現在我們身邊，彷彿在訴說各種不為人知的過往，但我不是相關的靈魂解讀者，無法聽清。

「這段時間，我儘可能在時間長河裡蒐集他可能遺留的痕跡。」二十七見我們站定，打開層層蘊含古老氣息的陣法，隨著陣術運轉，他的掌心上出現了點點細小又可憐的螢光，殘弱到幾乎快消失。「讓我們再試一次吧。」

學長開啓了精靈的生命陣法。

不被追殺的好處，是二十七可以擁有更多時間，仔細縫補殘魂。

我在二十七的輕聲指引與術法協助下，從水池深處捧出被藏匿的小光團，比起我們第一次到來之前，小光圈明亮許多，雖然依舊黯淡，卻不再是那種即將熄滅的絕望死相，光圈內含有的生命波動也強勁多了，是會讓人鼻酸的規律波動。

我們終歸賭對了嗎？

能夠讓他得到安眠，回歸真正的時間擁抱嗎？

※

取魂的過程看似很順利。

但我可以感受到許多負面能量波動。

黑色種族天生容易覺察到這些，更別說最頂端的妖師一族，只要我放開所有限制傾聽，無時無刻都可以感受到大量的陰暗碎語。

其實這有些類似夜妖精的黑夜導讀，只是聽的方向不同，夜妖精傾向借力自然等的一切蒐羅情報，妖師則是窺測人心與靈魂。

祭壇外的其他重柳族虎視眈眈，氣氛有些凝重，但更多的是排斥與不滿，我知道他們大多仇視重柳，經年累月積累下來的白眼與否認，一個個未必認同水池對殘魂的包容，也不喜殘魂抵銷「罪」這件事。

到底爲什麼呢？

究竟犯了什麼罪，要償還到什麼時候，這些重柳族才可以扯平？

要償還到什麼程度，才能夠有段正常的生活？

他們生命如此漫長，記恨的光陰已足夠培養許多壽命較短的種族，會不會重柳往後可以再次降生時，仍會繼續一頭霧水地被他們扣上罪名？

帶著涼意的風在水池表面颳起，我腦中還在思考著種種疑慮。

或許是我思考得太過入神，以至於完全沒有注意到周圍傳出的騷動，還有布料老頭陡然銳變的扭曲氣息，甚至那些突然散落在祭司或某人身上頭上的白羽，以及重柳族數人衝進來祭壇想要做點什麼的舉動。

速度最快的哈維恩與西穆德擋在我們面前，兩人極力甩開朝我和學長撲過來的黑影，猛然炸開的黑暗、毒素從該名闖入祭壇的重柳族身上暴起，急速擴張傳染，伴隨而來的是剎那的空間切割，意圖把我們連同水池與眾人切離。

二十七反應也很快，術法眨眼成形，與氣勢洶洶的侵入者直接碰撞，轟然一聲巨響，雙方的對峙引動不小震盪。

在這場瞬間引爆的衝突裡，我感覺自己好像與其他人不在同個頻道，雖然反射性揮手凝出兩隻黑獅擋在我和學長前，卻沒有什麼特別驚訝的情緒起伏，好像我原本就隱隱感覺會發生類似這樣的異變。

突如其來的純黑力量讓整片池水激出一圈圈不安的漣漪，速度變快的靈魂細語不斷從四面八方傳來，彷彿匆促地想傳達什麼。

拽住學長，把小光圈塞進他懷裡，後者也非常有默契地藏起光圈，還下了幾道禁制。確保殘魂安全無虞，我憑空拔出一柄散著陰冷氣息的黑色長刀，猛地劈開跳出來的扁平小灰影，可能是因爲入侵到聖地不容易，這塊影子很小，只有半條手臂左右的高度，但足夠吐出可以污染池水的邪惡與毒霧。

沒讓這玩意碰到水池，暴食小飛碟甩出，一口呑掉小灰影與毒素，接著小飛碟連續發出好幾個呸呸呸的聲音。

「希克斯？」我注意到沉睡的魔龍逐漸轉醒。

「什麼鬼東西！你們又在幹什麼？怎麼到哪裡都有事！」魔龍還未完全搞懂眼前境況，不過很準確地捕捉到邪惡來源，反射性操控暴食就咬。

「大祭司？」

二十七的聲音極度訝異，上次禁地被爆他都還可以維持假掰的平靜，這次明顯失態。一旁命蛛變得很大一隻，猛地跳到所有人側邊，小卡車般的身軀霎時擋住布料老頭打過來的偷襲術法，發出沉悶聲響、濺出血液，接續而來的攻擊被我及時補上的黑獅攔住，但黑色力量組成的形體直接被崩碎、散成粉狀，由此可見老頭的術法破壞力多大。

布料老頭站在陣法圈內，原先應該護持靈魂修復的繁複法陣變形，充滿邪惡的符文一個個吞噬白色圖紋，逆行成血光幽黑的詭異凶陣，散發驚人的死亡戾氣；另一端的二十七不得不截斷整個陣法，遭反噬吐了口血後，再度擊開外來襲擊者的空間隔離，雙手掌心按地釋出更大的陣法，毫不遲疑地封鎖整座淨魂池。

總歸是時間種族，操控起這種時空類術法，二十七還是壓倒性地拚贏了對方，很快順利保下淨魂池所在的這塊位置，同時也證明他隱藏的實力果然超過布料老頭，光看他可以瞬間果決、乾淨俐落地砍斷老頭想要感染的大陣就可確定。

這麼一來，我們三人就完全與祭壇外所有的動靜隔開了。

哈維恩匆匆向我打了個手勢，示意外面交給他們，與西穆德、西瑞鎮守在最靠近水池的地方，抵禦一波波攻勢。

不知道出於什麼心態，奇美拉竟然與我們同一陣線，頂開沒鎖的門從獸籠跳出來，身軀快速擴脹，幾顆腦袋咆哮著擋在水池之前，噴吐的火焰適時燒掉一大片毒霧，無意間還救下幾名差點被感染的年輕重柳族。

命蛛縮回原本大小，左側下腹滴著血，跳回二十七的肩膀上。

第一次衝突時二十七也被偷襲波及，身上斗篷受損不少，他乾脆扯掉外面那層血跡斑斑的服飾、面罩，露出輪廓帶有淡淡重柳影子的面孔。

原先很淡然的神情出現一絲惶恐，他可能怎樣都想不透爲什麼重柳族的大祭司會被埋藏著異靈的小塊意識，而且同族裡面有人當場轉化成鬼族。但經歷過各種戰役的二十七很快鎮定下來，他看了眼被同族們圍攻的大祭司與鬼族，隨即拉起水幕阻離外界與內部的視線。

「……繼續。」

我看著做決定的二十七，以及正在費力維持生命陣法保護小光圈的學長。外面不管是景物或聲音都被隔開，在關閉前一瞬間，我把小飛碟都丟出去了，希望魔龍可以自覺一點好好輔助西瑞他們。

「好，繼續。」

小光圈重新被置入池水。

雖然大祭司在外面變異了，但二十七同樣熟知修復術法、說不定能力還在其上，一層層術法圈依序不慌不忙地落在池水上，布置相當純熟老練，完全不爲突如其來的變動影響。

這時外面又傳來劇烈震動。

我凝視著水下慢慢凝聚、越來越大的光球，隱約可以看見熟悉的藍色劃過。

「褚。」學長按住我的手腕，我才發現不知道什麼時候我的手指沒入水中，無意識做出想把光球撈起來的動作。

「……」我收回手。「抱歉。」

這時候不能添亂。

忍耐。

再等等。

再等等。

「咦？」

二十七停止動作。

「怎麼了？」旁邊站輔助陣的學長看向重柳族。

「我不太確定，我與冰炎殿下已經確保魂靈有足夠能量渡回時間長流，但……」二十七遲疑了一會兒，看向我，開口：「他的時間線還在。」

「……？什麼意思？」我看著小光球。

「先前因爲太過殘碎，沒有發現，但現在……時間無法渡他，並非他去不了，而是他的時間線還在。」在光球上按下術法圈，二十七微微皺眉，彷彿遇到難懂的謎題。

「時間線還在是什麼意思？」我上前一步，抓住二十七手腕。

「他還在。」二十七輕輕移開我手，並沒有因爲唐突的舉止生氣，垂眸思索了半晌，說：「世界意識不願意讓他回到起源，也不將他送入安息之地，因爲他的時間還在。」

「什麼意思！還活著嗎！」我差點就把光球挖回來，站在旁邊的學長阻止我搶球的動作。

「褚，冷靜點。」學長抓住我的後領，大概是怕我腦衝，把我微微拖開，接著才詢問二十七：「重柳族的軀體時間與靈魂時間並不相等嗎？」

二十七頓了頓，肉眼可見地有些糾結，接著伸手重製了周邊部分輔助術法，原先幾個銀白到有些透明的符文轉爲淡藍與透白的色彩，待新法陣形成後，他才回答學長的問句：「不，只要毀滅，就必須重歸世界。」

所以爲什麼軀體已經毀掉的重柳，靈魂還活著？

最初雖然我在魔龍的教導下用了禁術捕捉靈魂，但當時他確實是「死去」了，那種刻骨銘心的感受、那種死亡的氣息……

盯著光球，二十七沉默了片刻，最終似乎做了某種決定，伸指以術法在掌心劃出一道血口，湧出的血液滴入新法陣上，開始導入光球四周。霎時，整片連接的術法陣與淨魂池漸漸散發出淡金色的光芒。

「我為清王之子，我為血脈連結人，我為命定尋魂者，我為去罪請命人。」二十七將手掌放置法陣上，血水被某種東西抽取，流出的速度變得很快。

這時淨魂池一震，周遭包裹著水池的層層保護結界被外力猛擊，發出碎裂聲。

我緊握幻武槍柄，朝裂開的縫隙直接擊出一發，黑暗力量凝成的子彈打在外面不知道啥東西的身上，爆出一股毒氣臭味，旁側的學長立刻捉緊時間修復結界。

專注於放血的二十七甚至沒有餘裕關心結界被破壞，語言轉換唸著古老的詞文，奇異的聲韻連成歌謠一般，引動淨魂池出現一波又一波的漣漪。

「我為……時間延續者。血液為絲線、生命為絲線，連接被停滯的未來，重塑尚待完結的時間與軌跡。」

「住手！」

空氣倏地被撕開，獵殺隊男人極度憤怒的臉赫然冒出，長刀一揮，攔止二十七幾乎要完成的術法。

「你他媽——」我衝著這個我最討厭的十一開槍，獵殺隊的渾蛋一刀揮開黑色子彈，與我怒目相視。

現在和他爭個你死我活都不意外。

我完全做好在他腦袋上開一個洞的準備。

「兄長？」二十七錯愕之下，失口喊了對方。「淨魂池與軌跡已經寬容他……」

「閉嘴！他就是個罪人！無論多少次，他都償還不了過錯！」十一抓住二十七正在放血的手掌、高高舉起，按了個治療術法封住血口，不讓他繼續對陣法供血。「他害死那麼多族人，你竟然想與一名罪人共享時間嗎！」

黑獅撞開十一。

我接連召出三隻黑獅，全部撲向礙事的十一，難以說清的怒火直衝腦頂，我現在就想殺了這個該死的獵殺隊智障！

你他媽到底有完沒完啊！

能夠帶領獵殺隊，十一當然不可能被區區三隻黑獅子咬成屍塊，他連續揮刀打散三隻黑獅，重新扣住二十七，鎖鏈般的符文瞬間捆住尋魂者同族，連帶跳出來想反擊的命蛛都被牢牢綑綁丟到一邊。

散開的黑色力量重新組成一隻更大的黑獅，撲到相較變得比較嬌小的十一身上，我趁機把二十七拖出來，恐怖力量大開，對著十一傾倒從那時候開始，累積到現在的恨意：「去死——唔……」

學長摀住我的嘴，沒讓心咒實現。

我狠狠咬了他一口，在鮮血淋漓中對上那雙眼睛。

透澈的銀色眼睛平靜又認真地看著我，幾乎可以讀出他沒開口說出的話：那個人不希望我這麼做，大家都不希望我這麼做。

……

……

我推開他的手，表示自己冷靜下來了。

解開二十七和命蛛的綑綁，我看看好像也不能開口叫人繼續割手，幸好二十七自己往後縮到學長身邊，執著地與他哥相槓，堅強地填填補補讓法陣恢復運作。

十一遭叛逆之餘，憤怒轉成了力量撼動著整座淨魂池，打算用能量爆炸的方式崩掉我們的陣法。

這一刻，獵殺隊隊長任由自己的怒火吞噬理智，瘋狂大肆破壞聖地。

「時間種族打算違逆時間嗎？」我張開手掌，雖然不知道米納斯在淨魂池的穩定上可以幫助多少，但她溫柔的聲音在我腦袋響起，表示可以支援，我就把水珠放出來了。接著與十一的目光對上：「淨魂池允許他活著，按照你們的說法，是世界意識允許他存在，身爲一名時間種族，還是個可笑的白色獵殺隊，你要違逆時間嗎？那你也不用繼續待在獵殺隊了，先把逆反的自己宰了吧。」

「住口！輪不到你議論時間！」十一忿恨地說。

「呵，我可是好心提醒你啊。魔神『憎恨』的異靈使者不就在你們大祭司體內嗎，你現在眞的是用原本該有的理智在做這件事嗎？」我在封閉前一瞬注意到大祭司爆出的邪惡氣息，與貝爾的某些感覺很相似，接著我想起當初病毒球的投映刻在我體內，是在把重柳送回聖地前，也就是說——病毒球知道我們會來，且非常噁心人地在此時此刻引爆他藏在重柳族的奸細。

雖然很討厭眼前這名獵殺隊，但看在「他」的面子上，我還是出言提醒對方。

正想一刀劈掉我的十一猛然一愣，整個僵住，大概是有點不敢置信自己居然也會吃了異靈的虧吧；接著他顫顫地收回手，一圈白色術法轉進體內，沒多久，果眞硬生生拉出了髮絲般很細很細的一點黑煙。

這下場面就尷尬了。

好像被潑了桶冷水，快速冷靜下來的十一呈現一個砍我也不是、不砍我也不是的狀態。

看不懂自家兄弟需要人幫忙遞台階的僵硬，二十七毫無自覺地轉身繼續放血，整個就是一個趁他哥無暇阻止就快點見縫戳針的態度。

最後，是學長結束場面上開始走向喜感的回合——

「所以，我們能知道，這位重柳背負如此重大罪孽的眞正因由嗎？」

※

重柳族的上任首領在自由世界被通稱「清王」。

這位清王一共有三十四名子女。不是外界所想的婚配，而是己身力量分裂，或者與自然、他人力量重組所生成，其中二十六名已亡故，目前在世僅剩八名。

力量散盡後，清王退位，由現任首領繼任。

排名二十七的「尋魂者」，擁有高於同族、可自由任意穿梭時空的能力，被聖地認同賦予魂鷹，是唯二可以開啓聖地祭壇的人，同時也是下任聖地大祭司的繼承人選。

排名十一的「獵殺隊分隊長」，剿滅黑色種族與邪惡的激進派成員，戰力極強，在重柳族中是屬一屬二的菁英戰士，在許多聞名的戰役裡都有驚人的重大貢獻。

排名三十四的「負罪者」，許多重柳族口中的重罪人。

剩下五人裡，有一人是現今的重柳族首領，中立派，對於激進派睜隻眼、閉隻眼，不阻止也不支持。採取一個你們要打出去打，打死算你們自己的，不鬧到我面前都不算大事的立場。

二十七最終還是完成了他的術法。

整座淨魂池上畫出了血陣，伴隨著重柳族給予的血氣，以及生命力，快速融入光球當中，環繞著生命氣息的小光球吸盡術法後直接向下一沉，沉入淨魂池底，再浮上來時，已初具人形輪廓。

在這個「人」浮出水池時，顯露出來的是相當乾淨的面孔，褪去了所有外界刻印的傷害或記號，臉上並無生前那些刺青紋路，和我熟悉的面貌赫然有詭異的出入。

魂靈的臉與他最初的模樣有著差異，正是死亡那時我看見的、更加年輕一點的樣子，但在淨魂池洗滌下，最後一絲隱藏被水珠剝除，暴露於空氣的五官再次產生了變化，變得更爲年輕，約莫十六、七歲，最終固定的真正面容讓我霎時毛骨悚然，背脊寒涼到彷彿被瞬間凍結。

對，整個現場，只有我一個人全身起了雞皮疙瘩。

因為其他人沒見過。

學長對這張臉的改變雖然感到震驚，但他是因為五官不同而產生的驚愕，並且在發現最大異狀後，直接朝二十七開口：「這位的……軀殼與主靈魂……不是同一個人。」

因為過於費解，學長的話語有點停頓，然而卻是肯定的。

身為一個半精靈，天生擁有精靈勘透生命本源能力的學長，沒發現過重柳被藏起的靈魂的真正面貌，即使我們並肩經歷過各種事故，甚至還一起逃離追捕。

曾經被黑王、白精靈蒐羅記憶掃視靈魂時，這幾位手握高階術法的大人物也沒有發現，更別說還有位承載世界兵器的小半個陰影。

重柳整個人被多種無法拆解的禁咒、神咒覆蓋，掩飾掉各種會被人挖出的真實面目。

現在，遮掩撕開，露出藏匿於下的驚人面孔。

我整個人開始恍惚，眼前的畫面與種種混亂的思緒交錯。

很久之前，學長他們就重柳詭異的情形做過一些猜測。

——一是他曾身爲重柳族的大罪人，雖然沒被流放，但是此生的生命只能被重柳族利用。

——二是他可能曾經瀕臨死亡，或者眞正死亡，在世界意識的允許下藉由他人的時間重返歷史軌跡……這是在身負可能會影響世界的種族重任下爲前提的特例情況。

二十七凝視著靈魂體固定的重柳，緩慢地點頭，有些晦澀不忍地開口：「你們所知的軀體及外貌，是過去因他而被殺害的重柳眾人之一……我們最末一位幼弟。」

「這該死的叛徒與異界邪惡聯手殺死了大量重柳族，當中甚至有許多長老與我們兄弟血親，所造成的影響與傷害跨越了數千年，直至今日都還在，這是無論如何都償不盡的罪孽。」十一恨恨地瞪視著水中彷彿沉睡的乾淨靈魂，握著大刀的手掌死死緊收，毫不遮掩恨意，情緒再度激動。「他即使死千萬次都不夠，所以封入他害死的亡者身軀，被重柳族驅使，永恆不得解脫！」

我耳邊那些怒罵、責怪，或者無力，都變成音階，好像隔了一層膜從我身邊滑過。

躺在水中的人既深刻又陌生。

我只見過他一次，但外貌也是有所差異，當時出現在我面前的人比現在淨魂池裡的人年長許多，力量也更爲強大，甚至可在異界魔神入侵的當下凝止時間、撕裂時空，毫不猶豫地糾正軌跡上的任何錯誤。

這張臉讓我發不出一言一語。

——三，他根本不是重柳族。

這張臉屬於一名時間種族。

一名，曾在千多……甚至上萬年前的古戰場，越過無數歷史洪流與軌跡，把我準確無誤地送返現代的真正時族。

※

「時族？」

魔龍的聲音在我腦袋響起，很適時地打斷了那片幾乎空白的恍惚，將我重新拉回這個混亂的人間。「你去到古戰場時見到時族？眼前這個？」

對了，魔龍活得更久，按照過去種族並不互相忌諱的年代，他或許真認得……重柳這張臉

的時族，或是相關的存在。

「不，本尊沒見過他……眞正的時族數量其實比外界想的還少，經常與其他種族往來的傢伙也才兩、三個。」魔龍頓了頓，似乎在考慮什麼，隔了數秒才繼續說道：「最常滿世界亂跑的傢伙你們剛見過不久，你身上有一點他刻意殘留的力量感。」

所以爆掉的那個時間夾縫裡，推了我們一把的果然是時族？

事情越來越奇怪了。

我終於拾回飄忽的理智，意識到重柳很可能並不是在古戰場將我們送返的那名時族，主要是靈魂的外貌年紀與感覺都不同，雖然重柳靈魂外貌也年輕到詭異，但古戰場那名時族顯然年紀更大一點——如果時族不會沒事就返老還童的話。

後代？

或是混血後代？

勉勉強強回憶起古戰場那名時族最後的話，我大略可以猜到那人應該已經不在世上，所以他當時才會說在我的時代裡，過去的他已經死亡。

或許就是因爲這樣，他才不插手現在的時代。

但……那名時族有看出重柳與他的這層關係嗎？

混亂的思緒從古戰場最後一眼抽離，轉頭又陷入另一場不願多想的噩夢。

不知為何，此時此刻我耳邊突然響起伏水神廟中，重傷那人瀕死之前極淡極淡的聲音——

這身體時間到了。

他當時，是有意識地說這句話，或只是無意識地單純陳述？

所以，時間未到的那具身體又在哪裡？

因為我的震驚與發呆時間過長，周邊幾人也意識到不對勁，不但學長和二十七盯著我，連那個重新恢復冷靜的十一都冷冷地看著我這邊。

我會告訴他們嗎？

呵。

誰甩那個多餘的重柳族。

「雖然你說他做過無法饒恕的惡事，但很抱歉，我一個字都不相信。」先不說這些日子以來重柳的種種表現讓我認為他絕對不會做壞事，他們所謂的時間軌跡、甚至世界意識，皆允許靈魂重渡，顯然表示根本沒有重柳族所說那麼十惡不赦，必須窮盡數千百年來償還。

而這個疑點必定有許多人提出，看看二十七就是其中一名懷疑的人，只是他們爭不過抱持仇恨的人們。

不過現在說這些也沒什麼屁用。

「如果他死了，我會送他走，如果他還活著，我會讓他重新回來。」牽引心語的力量，我微瞇起眼，釋放妖師一族的天生能力，與十一互相敵對瞪視。「他會好好活著，以他原本應該有的時間，無人可以阻止。」

「褚？」學長扶著變得異常虛弱的二十七，往我這邊退過來。

「弱雞？」魔龍淺淺地讀了下我現在腦袋裡的想法，聊天室裡的語氣揚高了一點點：「真要這麼幹？」

嗯，確定。

我看了眼結界外的混亂，重柳族那個聖地大祭司確定沒救了，我可以用另外一種視覺確認他從內到外都被邪惡的烏黑包裹，他被侵染不是一天兩天，而是有很長一段時間，如果不是幕後操作者刻意壓抑，這名重柳族應該早就扭曲成另外一種生物。

驅使隱藏的棋子爆發，「憎恨」選在這時搞事，十之八九就是衝著淨魂池或者重柳而來，雖然不知道爲什麼，但這已經是第二次異常舉動。

上一次是針對哈維恩。

……

等等，哈維恩？

我猛地看向外面，正好看見受邪惡影響的重柳族族人一刀砍向夜妖精的畫面，不過被一旁的鐵鞭甩開，夏碎學長非常適時地化解危機，他頭也沒回，朝結界內比了個手勢。

「外面夏碎會注意我們的人。」學長收回視線，又扶了有點下滑的二十七一把。

「這重柳族的小孩用的是祕術，把一半純粹時間種族的血液和部分生命共享給淨魂池裡面那個，幫助他修繕魂體原形和重建斷掉的生命線。」魔龍嘖嘖了幾聲，大概是很少見到時間種族做類似這樣的事，聲音透出些稀罕：「沒弄好直接廢，這是賭上未來繼任祭司的生涯啊，眞難得。」

雖然有所猜測，但證實後，大概可以理解爲什麼十一會暴怒大發作，按照他們的邏輯，重柳就算被利用到四分五裂都是活該，根本沒有如此犧牲將他護下來的必要。

或者說，先前二十七動用淨魂池保靈體這件事本身就已經重踩他的底線。

氣死活該。

轉過頭，我看向十一。

「你……」

重柳族的獵殺隊隊長剛開了個口，無數黑色動物朝他撲去。

確保這混帳一時半刻沒法干擾我們，我冷漠地回首，朝向又開始波動的淨魂池：「希克斯，動手吧。」

魔龍的人形幻影出現在我身後，同時血紅色的法陣在淨魂池上大張，散發的整體氣勢遠比先前那次更加宏大、詭異。

陰森與凶惡的嗜血氣息震動整座祭壇，驅逐那些細語和光點，覆蓋掉十一的咆哮。

我踏進池水裡，無聲俯瞰著安寧沉睡的魂體。

無論他究竟是誰，重柳族或者時族，又或者是某些罕見混血、有什麼驚天動地的冤屈或祕密，這一刻他就只是我們認識的那個人，那個非常純粹、爲了要不要幫忙外族，接二連三持續傷害自己的重柳。

「那個約定可以繼續嗎？」

「我很希望繼續。」

「你的旅程還在，這次你可以有所選擇。」

「我會幫助你。」

我伸出手，與池水裡緩緩睜開的湛藍色目光相對。

「我依舊需要你，如果你相信我……」

波紋不斷擴張的水面微盪。

一隻蒼白的手穿透寒冷的池水，輕輕張開指頭。

那瞬間，我必定是笑了。

大概看在後面被黑色動物圍堵的十一眼裡，顯得格外可憎。

「你們敢！」

喔，還發出了狂怒無能的吼叫。

握住沒有溫度的手掌，我把熟悉又陌生的人從淨魂池裡拉起，輕飄飄的魂體還有點懵懂的模樣，可能是先前魂碎的後遺症，他並沒有表露出太多的反應，更像是反射性跟隨我的動作。

這張臉確實很像那個古戰場的時間種族。

不祥的血紅色符文從天空落下，覆蓋魂體的背脊，銘刻出一張又一張看上去好像很邪惡的圖紋，緊密地將整個人包裹起來。

「本尊還眞沒想過這招捕魂會重複使用在同個時間種族身上。」操控魔族術法的魔龍環著手，嘖嘖稱奇地感慨：「活得久果然什麼事都會發生。」

彷彿穿上一襲紅衣的魂體微微偏著頭，藍色眼睛定定看著我們，也不曉得他的記憶剩下多少，或是一點都不剩。

正在我準備將他收起來之際，很輕的聲音傳進我耳裡——

「……我相信你……約定……繼續……」

第四話　罪

血色咒術完全收回後，魂體在我手上形成熟悉的圓珠，但這次是顆微涼的湛藍色珠子。學長攙著二十七走過來，後者試探性地朝我伸手。

我看著對方的動作，沒有阻止，二十七並不是要取走魂珠，而是掌心朝下，在藍色圓珠上覆蓋了幾層穩固靈魂的術法，最後沾著血在上面按下一枚印記。

做完一切後，二十七才有點複雜地轉向好不容易打完黑色動物的十一。

動物是眞的多，畢竟除了大型動物以外，我還附贈很多小老鼠小蟑螂小蚊子小跳蚤，有多小做多小，全都往十一身上擁去，正好拖延時間。

大概是已經被氣到沒表情的十一抬手，一刀就要砍過去，然而半路就被飄著的魔龍攔截，近期力量吸超飽的魔族冷笑了聲，相當不以爲然地看著重柳族：「小子，分寸注意點，本尊允許你動手了嗎。」

理智目前在線的十一悻悻然收回手，但神情依舊很不好看，目光分別掃過我手上的藍珠和二十七的臉。

雖然沒開口，但獵殺隊的臉上充斥著秋後算帳的殺意，明顯打算奪回魂珠，然後在外面入侵事故消除後，對付助紂為虐的二十七。

這段期間，外頭的祭司與那些被影響的重柳族人引起的騷動逐漸遭到鎮壓，再怎麼說這裡都是重柳一族的地盤，戰力強悍的時間種族有極多應對邪惡的經驗，就算被打了個措手不及，反應過來後還是可以很快地解除危機。

一張張類似神魔陣的殺陣滿地展開，肅殺的氣息席捲整片聖地，即使面對同族，重柳族也沒有考慮過手下留情，無論是重要的聖地祭司，抑或強悍的戰士，除去大祭司這種比較難消除的以外，最終留下的僅剩屍體與勉強搶救出來的殘存魂魄。

下手可說比我們這些被貼上反派勢力標籤的外來者狠毒了。

結界壁解除的同時，我甚至可以看見平常連自己人都咬的西瑞表情複雜，奇美拉守在夏碎學長幾人附近，與重柳族人區隔開。

西穆德和哈維恩快速走過來接應我們，夏碎學長與西瑞則是防備剛殺完一批扭曲者的重柳族又發難。

「你和我們一起走嗎？」留意到空氣裡異常不友善的氣氛與還未散盡的戾氣，我詢問趴在學長肩上的二十七。

二十七還沒回答，後頭再次被黑色動物阻攔的十一先開口：「你們誰也不能離開。」

「喔？試試。」我冷冷地彎起唇。

西瑞拋了拋手上的地雷。「來啊！輸贏啊！」

奇美拉弓起身體，隨時可以應聲撲出。

氣氛一度劍拔弩張，雙方即將打起來時，一名在收拾殘局的重柳女性緩步走過來，抬手擋住十一。「請幾位留步……尋魂者動用祕術，不能大動作轉移，至少先治療。」說著緩頰的話語，爲了表示她沒有惡意，女性甚至將兵刃遞給身邊的同伴，友善地開口：「月蝕長老準備好治療處，諸位隨時可以前往休息。」

「是溫和的保守派。」夏碎學長輕聲提示我們：「月蝕先前力保過二十七，也是主導褚闖入時間軌跡屬無意不該追究的強力發言者。」

一邊的二十七點點頭，表示那位長老是友善方。

二十七用了祕術反噬自身，我們當然不可能拿他的生命開玩笑，眼見女性已招來溫和派的重柳族爲我們分開一條路，我看看學長，後者對我點點頭，於是以學長爲首，我們便跟在帶路女性身後，保持著最高警戒撤出聖地。

大概是受到那位月蝕長老的指派，一路出來居然還有好幾名重柳族的武士在等著接應，雖然也散發出不算很友善的氣息，但至少比十一那票人好很多，不至非常惡意的程度，可能是他們本能平等地討厭外人吧，無論有沒有爆破過聖地。

聖地外直接有個傳送陣等著我們，一看就是沒打算走正規大門，或者長老和族長等人覺得耗費時間走大門會多生事端，於是乾脆直送終點。

我注意到有幾名較年輕的重柳族對我們露出了赤裸裸的「你們完蛋了」之類的幸災樂禍的眼神。

完蛋的話大不了大家一起完蛋喔，才不會放你們這些傢伙獨善其身。

你完蛋、我完蛋，上上下下集體完蛋。

被送達的地方是巨大的白石建築前，站在巨石門前的是名身著白斗篷的中年人。

中年人長得意外平凡，沒有用面罩等重柳族慣性遮擋面目的東西，噙著一抹很淡的笑容盯著我們看。

「月蝕長老。」

二十七與其他重柳族人紛紛向中年人行了禮，連表情超級凶惡的十一也低下頭顱，可見這位溫和派的長老地位相當高。

「請吧，幾位外來客人。」月蝕長老微微瞇起藍綠色眼睛，然後轉向十一與靠著學長的二十七，「燎、緣，你們兩個也進去。」

我下意識看了眼二十七，說眞的，這還是第一次親耳聽見重柳族報出名字……喔不，第二次，眼前還有個月蝕長老。

十一不置可否，直接邁步跨過白石建築的大門。

「應該沒陷阱吧～」西瑞蹦到長老面前，左看右看，狐疑地說道，後面幾名重柳族見他對長老這麼沒禮貌，差點氣到衝上來。

「沒有呢，很遺憾。」月蝕長老抬起手制止同族，似笑非笑地回答。

「呿。」看對方沒有動怒，西瑞很無聊地走進大門。

除了留守在外、對其他人咧牙的奇美拉以外，我們幾人接二連三地通過巨石之門。

確實如月蝕長老所說，在門後我沒有特別感受到強烈的殺意或敵意，相較之下，裡面反而比外面多了一股微妙的平和之氣。

講好聽一點是平和，講難聽一點大概是不被放在眼裡，所以透出一股無視的漠然。

偌大的空間裡兩側或站或坐一些長袍文靜版的重柳族，部分力量高於外面那群，零零散散的約莫十幾名，四處有些像是藥壺、藥櫃之類的物品，周圍也存放了不少藥草，最吸睛的還是中央兩口活像魔女煮藥那種大鍋。

接著是站在鍋邊、一名沒有遮掩面目的重柳族。

很可能並非全族最強，但具備強悍的沉重壓力感。

——重柳族族長。

※

「妖師一行。」

我們全都進門後，那些配製藥草的長袍重柳族陸續退出充滿濃郁氣味的大廳，只留下兩、三名面目不明的人。

巨石之門關上的同時，沉重的氣壓伴隨著冰冷朝我們下壓。

我下意識就想和西瑞一起暴揍這個下馬威的族長。

「重柳族長。」學長把二十七交給夏碎學長，走上前，微微擋住我們，做了個精靈族的見禮手勢。

「幾位爲了一名罪人接二連三闖我重柳族聖地，現在連靈魂都想再次扣走嗎？」沒有所謂的交涉詞或者廢話，原本凝視著起泡大鍋的重柳族長緩緩抬起頭，冰冷的視線無悲無喜，似乎只實事求是地開口：「無論是哪一個種族，都不該有此種做法，不是嗎。」

「我們先前接受過此位許多幫助，這趟就是想要了解爲何重柳族如此針對族人……即使有罪。」學長又擋了我一下，不讓我往前噴人，繼續與對方說道：「贖罪總有盡時，無論是哪一個種族，都不該有無盡的懲罰，不是嗎。」

「除非重罪。」重柳族長接了學長的話，相當不以爲然地回道：「例如，比申惡鬼王，不是嗎。」

「鬼王的生命已經混濁，成爲另外一個族群，然而這位魂靈依舊清澈，以精靈對生靈的判斷所見，我無法理解所謂的無盡罪孽。」學長頓了頓，微皺起眉：「若是眞的有必要，身爲精靈，我能夠爲此位作擔保。」

站在旁側一直滿臉不爽的十一冷嗤了聲。

「那你可能擔保不起。」重柳族長沒感情地回應。

「哈？毛病這麼多嗎？」西瑞先反彈那些讓人聽了爆腦的囉唆問答，直衝開口：「反正他自己都選跟我們了，還兩次，須要跟你們講這麼多屁話嗎。」

「如果妄想再取用重柳族的淨魂池，當然要。」十一惡狠狠地瞪了眼西瑞，終究沒有在族長面前打起來：「這次是被他趁隙，但沒有下一次。」

「燎，心平氣和說話，過於浮躁只會再度引來魔神的覬覦。黑暗尚未離去，我們只是暫且壓制。」月蝕長老抬起手，比了一個下壓的動作，同時與族長交換一眼，適時介入打斷大家的怒氣：「既然淨魂池已經接納他，那麼按照軌跡的意願，我們必須將他送返。當然，現在他死後卻又時間未盡，世界也洗去魂靈上的刻痕……」

所有人的目光重新放到我身上，應該說，我扣留的藍色珠子。

「我認爲該視爲已完成贖罪。」月蝕輕輕地開口：「一切該至此終止。」

「不，時間未盡就表示還未完成贖罪。」才剛冷靜下來的十一彷彿被踩到尾巴的貓，立刻又暴跳如雷。

高冷的重柳族長則是不表態，冷漠地看著十一大發雷霆。

認眞說，這大概是我看過重柳族話最多的一次，沒親眼見證還眞以爲他們是啞巴一族，沒想到還是有話多的時候。

所以在外面是怎樣？不屑開口？

我有點懷疑重柳本人說不定私下話也不少。

吵鬧這段時間，二十七被月蝕的人拉去治療傷勢，十一持續表達不滿，冀求族長對此事表態，然而族長依舊裝死，甚至有種要讓月蝕長老去擺平一切的擺爛態度。

簡稱嘴幹、踢皮球、浪費時間。

他們平常關門互咬就算了，現在浪費的是我們的時間。

我沉著臉，招呼哈維恩掉頭準備直接破門離開。

反正二十七都接受治療了，其他重柳族不太可能在這裡下殺手，確認他的安全後我就沒必要繼續待在這裡看猴戲。

大概也感受到我們忍耐度到達臨界點，月蝕適時拋出可以終止大家都不爽的話題：「好了，按先前的討論，既然『他』已選擇妖師，那麼就由妖師決定是否歸還。」

偌大的廳堂徹底寂靜無聲後，重柳族長才看向我：「由你判斷。」

白石大廳猛地竄過無數色彩光，銀色的陣圖毫無預警在我們腳下展開，急速遮蔽周邊其餘重柳族等人與各種大鍋、藥物。

所有光源黯淡下來時，只剩下我一人。

啊不，還有聊天室。

「記憶共享。」

一直潛伏著看戲的魔龍終於唧聲。「你人還在那邊，意識在同步某人的記憶。」

所以如果他們想幹什麼，我人會直接沒了？

「不至於，其他人還在。」魔龍嗤了聲。

「共享了幾個人？」我看剛剛陣圖不小，感覺身邊其他人都被包進來的樣子。

「混血精靈，還有夜妖精。」

不知道他們選擇的依據，大概是隨機吧？

總之除了我，還有學長和哈維恩在共享這段記憶……那就還好，他們兩個的記憶力比我好太多，應該可以注意到細節！

四周逐漸有微光時，肉眼可見地出現了室外風景。

主視角看不見共享的人是誰，只能聽見較小的呼息聲，「他」穿行在無法確認地點的幽暗樹林之間，速度很快，幾乎眨眼就越過了很大一段距離。

片刻後，收到一個緊急召集術法。

——捕捉時間叛徒。

「他」嘖了聲，就地打開召集中附加的座標。

轉移位置後，我也同時知道這個視角到底是誰的了。

「十一，你來太慢了。」

※

十一轉往聲音的方向。

座標目的地是一處隱藏在某山林深處的狹窄山洞內，入口看起來極爲平凡普通，就和成千上萬個山中洞窟差不多，揭開垂落的綠植後出現僅可一人通行的幽黑道路，盡頭處則是個足以容納五、六十人，甚至仍有餘裕的較大空間。

先行到達的人在空曠處布置好另一條傳送通道，大概要去的地方比較特殊，無法隨意撕開時空穿行。十一進入時，周圍已有七、八名衣裝打扮差不多的族人正在等待，連同腳邊或肩上的命蛛，全散發出蓄勢待發的強悍氣勢。

「算快的，他原先的位置很偏僻。」旁側有名重柳女性發出低啞的聲音，搭配一點笑聲：「事關三十四，十一不可能拖延。」

「沒錯，十一和三十四感情最好，就像大哥與二哥。」另一側的重柳族摸摸肩膀上的命蛛，搭了句話。

「三十四是難得的新血吧，都還未成年，族內照料他的人滿多，畢竟很可能是族長最後一次力量結合誕生的孩子了。」周邊有人搭話。

「別廢話，狀況？」十一並沒有搭理族人或兄弟們的調侃，冷聲問道。

很快就有人回應他：「三十四近期在外遊走，似乎遇到志同道合的同伴，但前幾日傳回消息，發現一名時族疑似有背叛軌跡之舉。」

「時族？正統時族？」

「還未完全確定。」報告者說：「正統時族向來深藏形跡，連我們都很難接觸，也可能只是分支。」

十一按了按眉頭，有點對涉入的時間種族感到困擾。「……眼見為憑。」

「十一很尊敬正統時族。」旁邊有人不以為然地笑笑，順勢問句：「和……那邊合作如何？順利嗎？」

「目前還依約而行，但總感覺很難完全信任。」十一盯著持續刻畫著的圖陣，嚴肅地說：「對方給我種怪異之感，亦有可能僅只是對於黑色種族有所偏見的關係。」

「再觀察看看。」先前那名女性安慰道，接著幾人紛紛直起身。「日蝕、月蝕隊長到了。」

當時面目還很年輕的月蝕與另一名和他長得很相似的青年各帶了一支朝氣蓬勃的隊伍，以及數名重柳族的長老。有了增添的人手，很快完善了整個傳送陣圖與相應的一干術法。

「時間種族身分未知，扣住後先確認眞相，再聯繫所屬種族。」月蝕把任務發派下去，先到的幾人也分別進入隊伍，或者輔佐長老們，團體獵捕的分工相當明確熟練。「遞回的情報表明，很可能有異界魔神介入，必須萬分小心。」

「一旦發現不對，立刻進入虛空或夾縫逃離。」另外那名隊長日蝕不免也交代幾句，並表示來之前通知了一些時間軌跡與告密者，協議好可以臨時進入時間流域避難。

在牽扯到魔神的事件上，不論哪個種族都異常小心，原先還會搭聊幾句的重柳族與晚到達的同族們一樣極爲認眞聽從帶隊者的囑咐。

十一站在離隊伍有些距離的位置，冷淡地掃視了族人們幾眼，沒有加入隊伍，只是靜靜在旁邊等待。

很快地，術法通道開啓。

帶著幾名長年在外遊走的同族，十一率先踏進術法陣內。

約莫是所經之處有眾多結界或者禁制，傳送術非常不穩，甚至出現多次斷接的波紋，走在最前的十一不得不幾次出手穩定通道。

「三十四該不會跑到哪個種族禁地去吧。」落後一點的族人嘖了聲，避開崩裂的術文。

「攻擊性很強。」

「嗯。」十一輕回了聲，移動的速度加快了。

即使開了傳送術法，但因爲對面禁制的緣故，重柳一行人仍花了一些時間脫離半扭曲的空間通道。

迎接眾人的是極低溫與異常冰冷的空氣。

接著，是濃重的血腥氣味與肅殺氣息。

久戰各地的十一反射性揮出長刀，他面前是幽暗無比的巨大空間，不知深藏在地底多少歲月，帶著一點枯朽與腐敗，還有即使淡到稀薄，仍能讓人立刻分辨出來——屬於異界魔神特有的扭曲力量感。

「是哪一位魔神？」先後從通道走出來的日蝕與月蝕抬起手，讓後方隊伍先暫停，原地劃出安全結界。

「壓迫很強，殺戮感較弱，沒有顯著的情緒外放……這是……」日蝕微微皺眉。

「『吞噬』？」月蝕分辨著低溫裡的力量歸屬，有點意外。「爲什麼三十四會在這裡？」

「應該要問的是爲何他能進來。」日蝕神情嚴肅。

十一沒打算與兩位隊長在門口探討來去的問題，寒冷的空氣混雜著幾種味道，有異界魔神、有三十四，還有其他陌生的氣味。

傳送走道並不是開在此地的正入口處，而是在禁制結界比較薄弱的位置，重柳族的空間走道順著這點小缺口銜接過來，最終落在一個狹窄又黑暗的石室內。幸好石室外有通道，否則他們可能得打穿牆面，這個動靜就會徹底驚動本地的守衛者。

「十一！」被甩落在後的日蝕發出警告的聲音。

「你們隨後跟上。」十一並沒停下腳步，反而加快速度，沿著小路與石階快速朝三十四所在位置移動。

石階沒走多遠就開始出現冰霜，或許是這一處都沒人踏足過，很快便轉變爲凝結的冰層，石壁與台階甚至堆積出了攔路的冰壁。

出手打散沿路阻礙的冰層，到後來，十一已無所謂會不會被本地守衛者注意到動靜。

血的味道變濃了。

接著出現在面前的，是帶著正統時間種族特有的術法陣徽記。

十一撕開這層術法壁。

出現在禁制結界後面的是巨大的地底冰層洞穴，與類似古代祭壇般的人工雕鑿物。

以人類年紀計算，也不過才十多歲、算是青少年的三十四，面帶驚恐地摔在另一側主石階旁，祭壇邊則是俯臥著女性或女孩的身軀，壓著一灘血液的軀體微有起伏，可認出還活著。

「燎哥！」

跌坐在石階上的少年不像其他重柳族穿著幾乎遮蔽全身的服裝，而是比較類似一般種族的正常外出服，又或者只是刻意這樣打扮，方便偽裝成尋常種族出門遊玩。

並沒有受過太多歷練的少年驚恐地指著洞穴深處，大喊道：「燎哥小心！」

冰層深處衝出一隻龐大、形體扭曲的不明怪物，看似很像無數條巨蛇相互纏繞糾結而成的一團混沌物體，到處都是不穩定的起伏蠕動，難以辨認出真正的模樣。

整隻怪物由泛黑污濁的力量組成，渾身挾帶大塊大塊因碰撞牆面而崩裂掉落的冰霜碎片，這些碎片大量嵌在怪物身上，每一次扭動都折射出漆黑的光，使其看起來更加恐怖，簡直像是從噩夢裡爬出來的夢魘。

十一注意到這隻怪物並沒有眞正的實體，所有的彎曲肢塊最終都集合到最粗壯的長形「軀幹」，並融入，而這個「軀幹」的尾端深深埋入洞穴深處的斷崖下方，恐怕那裡才是怪物的本體。

第二眼注意到的是「怪物」某個凹折的軀體前站著一名少年，因爲怪物過於巨大，乍一看竟然沒注意到這名不該在那裡的存在。看似略長三十四一、兩歲左右的外表，雙手放在「怪物」凝結出來的形體正前方，張開大片白色術法陣，陣法圖上結構出正統時族特有的術法紋。

「時間叛徒！」三十四嘶吼著，可能喉嚨受傷，咆哮的聲音淒厲沙啞，像是被人狠刮了好幾刀；他帶著身上大大小小的傷勢，連滾帶爬地衝向失去意識的少女，還不忘繼續大吼大叫：「燎哥快把他殺了！他在偷養魔神碎片！」

十一甩出長刀，疾射出的寬面刀落在三十四身前，險險擋下怪物甩出來像是鞭子般的長條觸肢，沉重的嗡嗡撞擊巨響迴盪在整個地下空間，可見用上的力量有多大。

「怎麼回事！」領著隊伍的日蝕與月蝕猛一看見張牙舞爪的魔神巨怪，即使是身經百戰的重柳族也全都紛紛倒抽一口氣。

「三十四快退！」重柳女性疾速結出手印，在少年身邊設出保護術法，然而被飛快的長條肢節幾下鞭打，眨眼碎散成能量粉塵。

藉著眾人幫忙阻擋的同時，三十四倉促地揹起地上的少女，在趕過來的十一身後狼狽地拖著渾身傷痕撤退。

「阿白，快醒醒？」三十四晃晃肩上的少女，緊張地喊著。

「一個外族，緊張什麼。」重柳女性不悅地嘖了聲，明顯對於少年冒著危險也要把人拖走的行為感到不太滿意，畢竟他衝得痛快，但出手救人的可是他們這些支援者。

「宇，注意。」十一喝斥，同時打飛往幾人拍來的巨大觸肢，強悍的力道讓他也必須百分之兩百地專注警惕，否則很可能會連帶讓保護術法一起被打得稀爛。

重柳女性不再廢話，認真施術保護周圍的人。

「怪物」散發出來的情緒極為混亂，非常有目的性地集中打殺三十四與昏厥少女，周遭重柳族人幾乎可說是遭到池魚之殃，凡是想要保護少年的人，皆會受到凶悍到快無法抵禦的一擊。

「這樣不行，必須快點撤離。」月蝕再度張起不知被打碎幾次的保護術，好不容易靠近被大多數觸肢集中打擊的十一與三十四。「即使只是異界魔神殘片，我們要對抗也很吃力。」

「不要繼續攻擊，專心退離。」

淡漠的聲音傳進幾人耳中。

站在最前端的白色斗篷少年略微側首，雙手仍維持著大張的純白術法圖，吃力地將其繼續擴張，一點一滴把「怪物」按壓回後方的深淵。「魔神『吞噬』萬物，包括能量，無論如何攻擊都難以對他起效。」

「你裝什麼好心！」揹著少女，三十四憤恨地破口大罵：「你偷養魔神！叛徒！魔神就是你放出來的！」

「我不明白你在說什麼。」白色少年語畢，重新把視線放在怪物身上，不再搭理三十四的挑釁。

「燎哥！魔神真的是他放出來的！我和阿白跟蹤他一段時間了，他進來過好幾次！」眼見對方竟然無視他們，三十四氣急敗壞地說：「捉回去讓父親和大哥調動靈魂記憶審判他！」

「閉嘴！」十一雖有些狐疑，但強敵當頭，不是爭對錯的好時機。「撤！」

「時族的小孩！走了！」日蝕疾走過去，打開共鳴術法陣，大刺刺拽著白色少年往後退開。「回去說清楚。」

「日蝕小心！」

接下來的記憶畫面相當混亂。

那天的畫面過於血腥且殘忍，致使視線內所見景象跟著扭曲，到處都是奇奇怪怪的色斑，像是看著另外一個世界發生的事。

日蝕被撕成數塊。

不知哪裡出來的異靈以怪物身軀和氣息作爲藏身處，冷不防逼近日蝕，眨眼就將重柳族的前線菁英殘殺，血色濺滿少年白色的斗篷。

瞬間所有重柳族人皆被引爆強烈怒火。

「有埋伏！所有人冷靜！」月蝕發出痛苦的哀鳴，仍強行保持理智，擋下想要上前復仇的隊員。「退！」

魔神軀塊與異靈。

還有一名不知道爲什麼進入魔神封印地的時族少年。

這瞬間，他幾乎快要相信了三十四的指控，畢竟異靈刻意藏匿起來等待時機殺個重柳族人措手不及，的的確確像是預先埋伏好的陷阱。

像是個開戰信號，一整團的怪物炸出大量觸手，眨眼打碎十多個法陣，包括白斗篷少年將他擋回深淵的那個。

戰況失控。

急於重新控陣的隊員們瞬間被怪物捏碎好幾名。

月蝕再次展開大陣法，帶著重傷咬牙擋在所有人前方，然而還有個見縫插針的異靈。

十一揮刀擊開渾身染血、似笑非笑的異靈青年。

「眞有意思，不過這小孩是我們的。」異靈緩緩繞著白斗篷少年走，一陣一陣盪出的術力波動擊退幾名想要扣人的重柳族。

然後被少年打飛了出去。

少年褪去白斗篷，莫名看著奇奇怪怪的異靈，手握長刀，不靠近異靈也不靠近重柳族，就像最開始一樣，獨自一人。

「快走。」注意到幼小的弟弟還在磨磨蹭蹭，十一盯著蠢蠢欲動的異靈，與月蝕聯手擋著怪物的鞭打斷後。

「怎麼可以放過他！」三十四甩出手臂上的弓弩，憤怒的視線鎖定站在另側旁若無人的時間種族。

十一猛一回首，已經來不及阻止。「晴！」

少年可能沒有想過會被時間分族放冷箭，竟然眞的背後結實地中了一箭。「……？」

大概是過於驚訝，一時之間沒有說出什麼話。

雙方還未有所表示，怪物猛地發出劇烈咆哮，穿耳的音波幾乎衝破耳膜，留下的幾人反射性摀住耳朵，防禦術法沒有起作用，血液沿著臉頰畫出痕跡。

「住手！」看見所有防禦陣又一次被搗破，爆破的力道比前幾次還要強，少年一閃身出現在重柳族剩餘的幾人面前，抬手展出術法圈，硬生生扛下攻擊，然而也就短短一瞬，白色陣圖崩裂，黑色變形的觸肢狠狠擊打在少年身上，將人抽飛一大段距離。

十一眼見時族小孩被打落在主階梯的位置、也就是最開始三十四趴著的地方，那裡的禁制更強，應該會比這裡安全。

「啊——」

混亂間，不知何時清醒的少女發出尖叫，黑色的觸肢死死捲住她的右小腿，發出了骨骼折碎的聲響。

「阿白！」

三十四拽住少女，取出彎刀用力在觸肢上面劈了好幾下，好不容易斬斷、將人護到身後時，赫然發現自己與其他人已被怪物分開，一團一團不明物體捲繞而成的龐大怪物轉出數顆紅眼，由高處俯瞰終於抓到手的獵物。

「晴！快逃！」十一無論劈了多少次，一層又一層的黑暗物質以不斷重生的膠狀型態軀體圍困著他，也包覆了剩餘的其他人。

刻意被施放的威壓惡狠狠地重壓在所有人身上，有些較年輕的族人當場被壓斷全身骨頭，如同螻蟻般活生生被碾死在原地。

一個個重柳族菁英倒在地面，明明是最驍勇善戰的戰士，卻無抵抗力到猶如幼童。

被怪物圈在最深處的三十四發出痛苦的慘叫。

不知爲何，怪物沒有如其他人一樣一口氣弄死三十四，而是慢慢地折磨他，似乎在玩弄什麼廉價的玩具，粗暴並且殘酷。

眼見狀況危急，十一抬起手，掌心上浮出猩紅色的禁咒。

白色符紋陣先他一步攀爬到怪物身上，細緻的圖紋貼印到無數黑色觸肢、冰面、空氣，一個個古老文字平空懸浮。

躺在血泊裡的少年冷漠地看著怪物面前的三十四。

「你——」三十四受到重創露出恐懼的面部表情驟變，彷彿看見什麼更恐怖的事情，發出淒厲的叫喊：「燎哥！他要害我——！救我！我打不開空間、救命——！」

包圍在十一周遭的觸肢被炸開一個大洞，後頭露出渾身浴血的月蝕。「快去！」留下的重柳族死的死、傷的傷，最終只有一個月蝕勉強掙脫。

十一撕開時空，發現果然已經不太能使用，異界魔神封鎖了整個冰凍空間，前一步撤走的人很可能也無法帶來支援。

就在此時，他猛地看見那名叫阿白的少女姿態奇怪，沒有任何怪物的觸肢再次對她攻擊，她歪斜著身體，猛然爆發一股惡氣。

「——異靈！」月蝕驚呼：「糟了，被變異了嗎？」

周身逐漸泛出黑氣的阿白盯著石階前的時族少年，露出奇特又危險的詭異笑容，倏地身影就出現在少年身前，張開獠牙。

同一瞬間，怪物緊抓著的人發出了很細的聲響，觸肢緊裹、凹折出異樣的形狀，大量血液噴出，擴散在地。

隨即，怪物像是拋丟不要的破爛玩具，將重柳少年的軀體甩飛出去，在還未被破壞到的冰層地面刷開四散血跡。

十一與月蝕實在無暇顧及時族的那名少年了，魔神軀塊與異靈，還有一隻剛剛轉化的異靈，單憑他們兩人，難以對抗。

「晴！」抱起全身軟綿綿的幼弟，十一面色一暗。

「這……快走吧……」月蝕同樣發現極惡劣的局勢，「快回去找緣……」

兩人抱著僅剩的活口退入最開始進來的地方。

不知道幸或不幸，這條小道受到魔神的影響竟然最小，勉勉強強可以轉移到較遠的禁制點，於是兩人聯手儘可能撕開空間通道。

月蝕不忍地回頭看了眼，連帶身旁的十一也做了相同動作，接著兩人猛地如遭雷擊。

最後的畫面過於可怕，以至於數千年後，十一的記憶依舊清晰如同昨日。

「阿白」被原先的異靈青年擊敗。

男性異靈從時族少年身上扯出靈魂，像是捕捉到美味獵物的野獸，打退另一頭覬覦的野獸，舔著舌頭掐住想逃走的靈魂，撕開、吞下入腹。

那縷少年靈魂並非時族所有，而是三十四。

三十四的魂靈從時族少年的軀體被扯出來，像食物般進入異靈肚子裡，直到被吞噬前都還帶著驚懼扭曲的面容。

剩餘的空殼被怪物無限觸肢捲走。

黑色的怪物緩緩拖著屍體，退回深淵，似乎想要回到安靜的區域好好享用美食。

他們所見的畫面停頓於此。

空間術法把三人轉移出危險地域，怪物或異靈都沒有繼續追擊。

他們的逃出過於順利，幾乎令人不敢置信。

十一全身都是麻木的，他無法理解那幕畫面。

二十七是什麼時候帶著魂鷹趕至，他也沒有意識到。

終於穿過禁制到來的族人們設下陣地結界。

好像有人在說什麼身體，尤其是魂體受到猛擊全碎，幾乎潰散，只能儘可能拼湊。

他回過神、有意識時，雙手正掐在「三十四」的脖子上。

「你是誰！」

「你是誰！」

「你到底是誰——！」

第五話　須付的代價

十一的記憶戛然而止。

我緩緩睜開眼睛，周圍一片靜默。

得先感慨兩句，我腦內聊天室是開著的，重柳族長以為他只帶了三個人去共享十一的記憶，其實一共五個人看見了，還好重柳族長沒有播其他內容。

站在旁側的學長與哈維恩紛紛恢復意識，兩人的表情有點複雜，就連平時冷著張臉的哈維恩看上去都相當糾結。

由於是透過十一的目光去查看這段記憶過往，某些片段因他本人當時情緒混亂而變得模糊，甚至還隱約帶來偏激的憤怒共感。

我暗暗嘖了聲，不露聲色地清除負面情緒。

扣除掉這部分——

「重柳族族人都知道這段？」我看向重柳族長，微皺起眉。他們這群傢伙該不會事發那年人人都共享過記憶，所以才會整個族群異常仇視重柳……或者說是身分不明的時族少年。

得知他眞實身分後，以前有些沒注意到的小細節給我種恍然大悟的感覺，難怪一直覺得重柳和其他重柳族不太一樣，不論是奇怪的特殊兵器，或者是一些遊蕩時間裡的行爲舉止，不過爲什麼後續他也有命蛛了？是因爲更換身體、變相擁有重柳族血脈的關係？

當時他繼承了那位原體的命蛛沒有發生排異嗎？

「該年代的重柳族都知道。」如今的月蝕長老點點頭。「當時事態極爲嚴重，許多族內菁英不明不白死於魔神禁地中……雖說對外是宣稱其他邪惡存在，但確實是異界魔神。事關重大，全族分頭蒐證，聯繫時族與其他時間分族，並對此做出裁決。」

……那你們還眞公平，舉族先蒐證的嗎？

看多了重柳族連自己人都砍、極爲沒人性的一面，現在突然說他們公平公開公正，還眞的不太習慣。

綜合他們所說，我總覺得整件事透露一股很不尋常的古怪。

可確認的是重柳有很大機率是我當時在古戰場遇見的時族後代，共享記憶裡那張臉和年紀都很年輕，與眞正的靈魂模樣差不多，只是他家大人可能早已不在，那種魔神肆虐的戰亂年代下秒就掛相當尋常。

不然我或許可以嘗試找人家老杯告狀。

「時族那邊的意見？」學長並沒有發表感想，而是開口詢問。

「時族不給予任何意見。」月蝕長老看向重柳族長，後者略微點頭，他便繼續說：「重柳族第一時間向時族傳遞消息，然而時族只給了兩個回覆，一是他們不清楚這孩子爲何會在禁地內；二是所有一切皆交由世界意識安排，時族不插手任何重柳族的決定。」

「很有那些傢伙的風格。」魔龍邊聽邊在聊天室裡嘖嘖幾聲：「講好聽一點就是順應歷史，講難聽一點就是擺爛不管凡間事。」

等等，正統時族是不管世事的嗎？

爲啥我總覺得好像哪裡都有他們的影子？

錯覺？

「那群傢伙只注視時間軌跡，把他們當成這個世界的『監管者』比較容易理解，他們一切行動都僅僅爲了推動歷史。」魔龍大概是心情好，多解釋了幾句：「裡面只有少數幾個異類會與外界或種族交流，你看的記憶裡的那個小鬼、還有你在古戰場遇到那個，都是比較不正常的樣子。正統時族根本不出現在其他種族面前，而是直接泡在時空或軌跡，一蹲上萬年。」

比羽族更宅就是。

不過羽族其實也不算宅，他們很樂意與外界往來交流，只要有需求或是看對眼了，就會到處幫人家蓋浮空島和奇奇怪怪的東西。

回過神，學長已經和月蝕長老又說了幾句，大致是確認當年的狀況，隨後問出來超離譜的內情。

「所以完全不知道這名時族少年的真正身分？」

學長難得表情出現明顯的訝異與不理解，更別說其他人，西瑞直接赤裸裸一個「你們在公鯊小」的難以言喻臉。

正常人尋仇不是都會先搞清楚對方祖宗八代，以免以後人家祖祖輩輩來報復嗎？

「是，雖然聽起來非常難以置信，但至今我們依舊不知道他是誰，時族方面也沒有給予正面答覆，正統時族似乎認為既然判決償罪，那便沒有必要了解過去的身分。」月蝕大概已經習慣每個詢問的人吃驚的模樣，耐心解釋：「當初緣……就是這位尋魂者。」

他指了指二十七，繼續道：「緣與魂鷹好不容易將碎魂一點一滴拾起，我們重新固定魂靈後，才發現這孩子記憶全無，並不是我們刻意洗去他的初始記憶，而是他從一開始就沒有大部分的記憶，我們所做的也只有後來在他任務重創返回時，清除或封鎖不必要的部分，讓他得以繼續未竟的贖罪。」

雖然月蝕說得輕易，但聽到這邊我還是一股火冒出來。

不論有沒有初始記憶，你們終究是爲了「方便」操控他，而一次次剝除他好不容易得來的記憶。

月蝕說：「因此我們不知道他是誰，爲何會在魔神封印地，爲什麼與異靈勾結。從殘留的現場跡象與三十四臨死時的話語，顯而易見的是這孩子過於年輕，還未得到完整時族的傳承與訓練，從而被異靈蠱惑，與異靈勾結意圖解放魔神，然而被晴撞破，最終害死眾多重柳族，以及……」

「讓我們的幼弟連回到時間沉眠都無法！」十一憤怒地低吼。

眞的是這樣嗎？

我看著至今仍在爲了弟弟枉死而憤怒的十一，面無表情的重柳族長，甚至是略帶遺憾的月蝕長老與二十七，下意識手掌按在藍色珠子上。

事情眞的會是這樣嗎？

我感到巨大的割裂感。

「因爲他勾結異靈與魔神的作爲，造成眾多重柳族死亡，以及三十四靈魂被異靈吞噬，所以最終的判決是他必須負起這些被中斷的時間責任，終其一生補足死去重柳族原本應負的使命。」月蝕長老緩緩說出當年重柳族與其他時間種族一同商議的判決：「直到死亡或消散。」

學長和哈維恩都垂眸，若有所思。

「如果這事情是真的，那麼重柳族還算厚道。」魔龍嗯了聲：「弱雞你先別生氣，站在重柳族受害的立場，這個懲罰確實不過分。」

對於這些古老種族來說，責任大於一切，截斷他人時間與責任者，以背負起他人未竟的任務作為贖罪，是很正常且實際的正規處分。

前提是，這件事如果是真的。

我始終不相信重柳會做下這種惡事。

「我也認為可能存有隱情。」米納斯柔聲地表達意見。

問題來了，重柳沒有記憶，甚至沒有一點靈魂上的記號線索。

但凡他有一點點記憶……

「所有的根源就是所謂犯下的罪嗎？」

我突然聽見一旁哈維恩的聲音，夜妖精罕見地主動向重柳族長幾人確認：「沒有其他的？」

「沒有，他贖還的就是這件事。」月蝕長老點點頭。「沒有其他的了。」

哈維恩看看我，轉頭與重柳族長對視。

「那麼，我們要乾乾淨淨地帶走他，該怎麼做？」

「什麼意思？」

重柳族長終於幽幽張開尊貴的嘴。

「不是以罪人身分，而是時族的身分。」哈維恩忽視旁邊怒目相向的十一，很認真地對重柳族長解釋，有股爲什麼對方聽不懂這問題的疑惑。「不再與重柳族有牽扯，這個『時族』，單只有他，不是你們一部分的人『認爲可以了』，是全部重柳族再也無異議。」

不曉得是出自於本心或者是想要替我做點什麼，總之夜妖精問出原本不會是他開口發問的事情，他與重柳的交情甚至沒有我們多。

十一冷笑了聲：「永遠都不可能，除非三十四回來，你們至死都辦不到。」

「心結太深會扭曲成鬼族。」哈維恩終於撿回他的毒舌，回敬了對方兩句：「你剛被『憎恨』影響，說不定已經種下惡性種子。」

「你——！」十一更生氣了。

喔，高風險鬼族預備役。

「事實，爲何要一直提醒你。」夜妖精瞇起眼，懷疑地看著十一。「明明是長者。」

「……」站在一邊的西穆德大概是怕哈維恩突然捱打，手不自覺按到刀柄上。

「對欸，明明你比較老。」西瑞一擊掌，咂舌上下打量十一，彷彿現在才發現這個事實。「脾氣這麼差好嗎？當心高血壓，大爺告訴你有個控八控控！」

控八控控不是治高血壓的！

不要亂打廣告！你爲什麼每次看八點檔都要連廣告一起看！

等等，不是改看電影了？

我直接被西瑞帶歪，然後拽住竟然眞的想分享廣告的傢伙往後拖。

學長和西穆德用一言難盡的目光看著我們，雖然他們根本聽不懂西瑞在講什麼，但不妨礙他們覺得我們日常有毒。

夏碎學長整個隔岸觀火之姿，還掛著想要點火的蠢蠢欲動微笑，讓人想給他一腳。

「感覺你們好像哪裡有病，但說不出來哪裡。」魔龍也跟著歪了幾秒。

神經吧，神經一直有病。

莫名其妙的插曲過後，氣氛又轉爲嚴肅，幸好西瑞沒有再繼續治不治的推薦，總之我鬆了口氣，感覺腦細胞死了很多，和我的心一樣。

十一被這麼一打岔，終於再度閉嘴，果然打敗魔法的還是魔法，他如果等等繼續唧唧歪歪，我就把西瑞放出去了。

「目前沒有。」重柳族長冷靜地回覆四個字。

想想也是，中間卡了一堆人命還有一個被吃的，以十一爲模板代表激進派們，重柳族長沒有答案是必然的……機車！有夠囉嗦！就算帶走還是會繼續來找麻煩是吧！

哈維恩與西穆德突然交換了一眼，我莫名竟然還看懂他們兩個無聲的交流——他們在暗示對方之後外面走跳的危險程度又提高了，未來得不時見人就打。

算了，反正就是個無解卡死的狀態。

我在心中盤算幾秒，重新抬起頭面對重柳族長：「既然你說了由我決定，那麼我依然相信他。」抬手止住旁邊十一即將出口的靠杯，我漠然地瞪了對方一眼。「不知道你們有沒有聽過一句，大概意思是當十個人裡有九個人有共識或所知相同時，最後一人必定要持反對立場，然後找出與大家不同論點的理由，才不會讓那眞正的千萬分之一被人們忽視、扭曲眞實。」

重柳族長與月蝕長老看著我。

「第十人法則。」我笑了聲：「說不定你們正好是遇到那罕見的千萬分之一呢。」

「難得你講了用腦子的話。」魔龍感嘆。

抱歉，還眞不是我講的，看電影借鑑來的經典理論——《末日Z戰》，你値得擁有。

被西瑞的電視電影一提醒，才想到有這個！

「……」剛感嘆完的魔龍大概想在聊天室罵髒話，但鑒於有其他用戶不敢罵出口。

「耳熟耳熟的。」最近在補電影的西瑞歪著腦袋。

總之不是你看的控八控控。

學長等人無聲地站到我身後，表示支持我與重柳。

「可以。」重柳族長淡淡地說：「重柳族給予你們掙扎的機會，但會從你身上取走作爲保證的代價，直到期限爲止，這段期間重柳族不會再出手。」

「期限是？」我回問。

重柳族長看向二十七。

「現在狀態依然很嚴重，至多三個月內必定要再進入淨魂池，借用世界意識的力量穩定魂體。」二十七張了張嘴，有點遲疑：「往昔沒有這樣的前例，且先前歷經數次重大毀損的魂體，須盡早找到載體，即使取得載體，也無法保證最後會如何。」

也就是要找回那具被魔神拖走、不知道還存不存在的屍體嗎？

如果剩下骨架呢？

像先前古戰場那時，再找具比較適合的屍體給他嗎？

想想似乎也不是不行，反正小白貓都用過了，頂多就是殼換得比別人勤勞，重要的是人還在就好。

算了，先不管這個。

「等等，代價均攤。」學長抓住我的後領。

「嗯，畢竟相識一場。」夏碎學長從學長那邊大致知道狀況，微笑著說道：「就算是單方面認定，也是共患難的朋友了。」

「所以代價是啥？」西瑞二話不說堵到我前面。

「時間外族嘛，所謂代價不是與時間有關就是靈魂。」魔龍冷不防直接浮現出幻影，環著手，高處俯瞰盯著重柳族長。「小鬼，本尊知道你們想搞什麼，少在本尊眼皮底下玩小把戲，清小鬼都不敢在本尊面前耍手段，給本尊老實一點。」

米納斯在另外一側顯形，沉默地盯著重柳族幾人看。

我瞥了眼魔龍，越來越搞不清楚他究竟認識多少人了，總覺得古老一輩的他似乎多多少少都可以叫出名號，而且幾乎都是站長輩立場叫……他是不是謊報年紀？搞不好比之前說的三萬多還多個零之類的？

「閉腦！死孩子！」一臉正經囂張的希克斯在腦內聊天室噴我。

或許重柳族長眞的動過想搞事的念頭，但最後在魔龍和米納斯的監視下，展開的陣法在我們全部人身上切下了一小部分的「時間」，據說會扣押在禁地……不是目前爆掉那個，而是他們用來收納一些須要梳理的時間軌跡存放點。

「如果未來你眞的證明了你所想的事，代價將會返還給你們。」月蝕如此說道：「反之，你們將永遠都失去這一塊『時間』。」

我本來以爲是切了壽命大概十幾年之類的出去，後來魔龍向我解釋是靈魂的一部分，不涉及現在的意識和力量，而是今後的「生命與時間」掌管，靈魂缺了這塊之後，將來哪天要投胎還是重新甦醒，都會變得比較短命，倒楣一點可能還會殘缺。

「會一直這樣下去，你就算重複投胎十次都一樣會有影響，除非他還給你們。」魔龍對我傳遞訊息道：「這代價很沉重，說不定眞的永遠拿不回來，你們下輩子會殘。」

……

你才殘，你連身體都沒有。

「本尊沒在和你開玩笑。」

我也沒有，我相信重柳，其他人也相信他。

不管如何，我們所見的他絕對不可能是那種人。

「隨你便，反正盡快查吧。」

這其實並不難，雖然記憶無法完整呈現眞正的全部事態，直到今日亦無法重新搜索證據，但有個完全肯定的事實——這個異界魔神是「吞噬」。

非常巧，我們不久前見過一面。

吞噬魔神·舍斯弭。

❀

孤島一戰時，舍斯弭的幻象曾應異靈夏姆特的呼喚現身。

當時舍斯弭離開前對我說了一些讓人匪夷所思的話——

「……算了，你們必定會來。」

「屆時，帶著他回來。」

「帶回來，還給我。」

我一開始認為魔神指的是流越，但現在經過重柳族一事才發覺，他其實指的應該是重柳。

雖然吞噬魔神現身時重柳已不在我身上，但我身上一直有他的力量波紋及約定，舍斯弭十分有可能藉由這點微弱的線索猜測到重柳與我有聯繫。

所以他認定我們必定會去找他。

他帶走了身體。

現在，他要我們把魂靈交給他。

……

還是那句話。

吃屎吧。

不管是流越或是重柳，都別想。

這年頭什麼妖魔鬼怪都想拐良家婦男，眞是有病。

但這趟眞的非走不可。

先不說重柳的身體有極大機率還剩個骨架在那邊，回收手法好的話也許可以像魔龍那樣重塑金身。

主要那裡是當年案發現場，被封印在那邊的舍斯弭可是全程都在，甚至以克蘇魯姿態親身參與。換句話說，很有可能魔神吞噬與其異靈是唯二完整經歷眞正事實的目擊證……證……證魔、證靈。

如果可以取得這部分記憶，無論是我們與重柳族的交易，或者是重柳的清白，都可以徹底解決。

這算是另類的心語成眞嗎？

我看看天空，感嘆。

每次心語都應驗在很奇怪的地方，可能是我出生時開箱的方式不對吧，感覺歷代有獲得先天能力傳承的其他妖師都沒這麼怪。

被切了塊靈魂後我們很快就離開重柳族。

即便月蝕長老想留我們休息，但在場沒人想留，加上他們淨魂池的禁地被異靈爆破又死了個重要的大祭司，根本沒幾個人有心情和我們這群同樣爆破過禁地的人打交道，巴不得我們有多遠滾多遠。

「你傷勢如何？」

夏碎學長詢問一路把我們安全送出來、還轉移了個位置預防被人套麻袋的二十七。

「沒事。」二十七重新換上一襲全罩式黑衣，臉部再度遮蔽只露出一雙眼睛，同樣療傷過的命蛛懶洋洋地鑽進他的肩膀布料裡。

「接下來你要和我們一起走嗎？」我試圖向二十七發出邀請，主要是他這次可能得罪很多人，光是十一就不會讓他太好過，多半會被激進派各種刁難。

二十七毫不猶豫地搖搖頭。「事發突然，大祭司沒了，現在淨魂池無人管理。」

言下之意，他必須回去承擔尋魂者的責任。

……都忘記還有這個鐵飯碗。

那看來刁難的程度有限，無論如何，重柳族應該不會白目到把唯一的尋魂者弄死，這樣他們短時間內會開不了淨魂池和很難找靈魂碎片，除非全族失智腦殘才會不計後果動手。

「我會繼續尋找殘魂。」二十七接住俯衝下來的魂鷹，摸摸靠過來的白鷹腦袋，說道：

「這可以幫上你們。」他伸出手，遞給夏碎學長兩塊水晶，一塊巴掌大、湖水藍色，一塊拇指長、冰晶色。

「這是？」夏碎學長有點意外。

「你們先前想去的座標點。」二十七解釋了湖水藍那塊，「混亂場域通道極多，這可以準確指引。」

現在不只夏碎學長意外，大家都很意外。

西瑞直接朝二十七比了個大拇指，「緣老先生，您是個好人。」

靠夭喔是感謝還是想結仇！

「……」二十七眼神瞬間冷漠，扭頭抓了隻東西出來甩在西瑞身上。

喔，被遺忘的奇美拉，縮小版。

被縮得和吉娃娃差不多大小的奇美拉蜷著身體和一堆腦袋，不曉得是不是遭重柳族的人偷偷教訓，整個萎靡到不行。

懶得和西瑞講話，二十七揮揮手直接走人了。

看著重柳族漸漸消失的背影，我有種這位也開始變熟的感覺，想想他剛出場時看起來很凶，沒想到人其實滿好。

如果不是二十七介入，或許現在的重柳眞的已經從世界徹底消失。

我看著手腕上的藍色珠子。

比起先前幾乎絕望的那段時間，這樣子眞的是好太多了。

不過就是找屍體，這年頭大家都在掉身體，現在只是多一個要找的，這個甚至還有很確切的線索。

發怔之際，腦袋突然一重，頭被輕力下壓。

「不放棄，總是會有好消息，對吧。」學長不知道什麼時候站在我面前，很隨意地揉揉我的腦袋。

我低頭，看他的腳。

嗯，沒踮。

啪！

腦袋直接被狠狠甩了一巴掌。

「……」摀著腦袋，感覺爆裂痛。

「你們又在玩啥～～甩巴掌遊戲嗎～大爺也要玩！」西瑞張開爪子。

「不，沒有人在玩。」我立刻後退。

哈維恩認分地擋到我面前，攔住西瑞即將犯下凶殺案的獸爪。

所以到底爲什麼會想拿獸爪玩甩巴掌！你眞的是朋友嗎！這是上輩子結怨這輩子結仇吧！

「或許也很難確定是好事呢。」夏碎學長設下暫時性的守護結界，與米納斯、哈維恩一起仔細查看冰晶那塊水晶。「果然是這個地方。」

水晶內的地圖被投射在空中，映出的地點位置並不讓人意外。

先前我們從遇見獄日大祭司的狄美洛索特、天空城遺跡離開後，當時的空間走道出口落在時族一處冰原封印地。

我還奇怪過爲什麼空間走道會開在時族的封印地。

現在卻可以連繫起來。

封印地很可能就是狄美洛索特城撞擊魔神吞噬的事發位置，雙方在時空交界對撞後，舍斯弭被撞成碎片，而天空城封進了虛空裡，隨後時族現世將整片殘跡冰封……現在看起來是時族出手封印了掉落的魔神屍塊，更可能連舍斯弭的主意識都被封印在其內。

畢竟希克斯一再說過正統時族數量很少、又不見人，因此會有時族特別鎮守在封印地，其實是件極不尋常的事。

之後不知道什麼原因，重柳在無人察覺下進了封印地。

我在天空城裡的魔物腦袋所見，約莫就是許多年後，已經使用三十四身體的重柳。

他當時的模樣很像在找路，外殼差不多是三十四出事時的少年模樣，十之八九是身體穩定後，或許殘留了某種印象，讓他模模糊糊重回封印地外的冰域，最終必然沒有找到那個地下深淵，否則就會有另外一個罪證了。

與其他人交換想法，發現大家的猜測很雷同，夏碎學長甚至知道得更詳細。

「回來後，我和冰炎查詢了狄美洛索特城對抗魔神的相關資料，的確有被銷毀的衝擊遺跡，但被人為地抹去歷史，無法得知眞正位置。」夏碎學長說了一下他們檢索的結果：「公會那邊的情報記載，是因為魔神碎體事關重大，各大種族才一起抹去眞正座標。」

沒想到就被我們誤打誤撞發現了，而且我們還做了跳轉點，方便公會之後依樣畫葫蘆收復狄美洛索特天空城，等同大家都會毫無知覺從封印地、舍斯弭的腦袋上面跨過去。

有意思的是，二十七還把詳細的地圖給我們，是眞的不怕我們搞事嗎。

再來就是時族當時居然也沒有阻止我們連接轉點，這就更有深意了。

算了，搞不懂這些所謂古代八大種族到底在想什麼。

※

二十七除了給予舍斯弭封印地的地圖水晶以外，還有混亂場域的座標。

大家都知道，這是當時在公主藏寶點那邊出現、關於米納斯身體的線索……是的，兩顆水晶分別對應兩個人的下落，不知道該說是巧合或是什麼奇妙的宿命作祟，又是二選一的境況。

「先去時族禁地吧。」米納斯依然很快做了決定，她再次把機會讓給另一人。

就在此時，我手腕上的藍色珠子劃過細微的暗光。

……？

沒睡著？

「這次沒，魂體太脆弱了，本尊減少一些限制。」魔龍停頓了兩秒，聊天室裡的聲音有點狐疑。「他說先去混亂場域。」

現在雙方相互推讓起來，大家都想要對方先找到身體，如果不是因爲彼此熟識，還以爲是不是身體有毒。

重柳因爲魂體重組，依舊渾渾噩噩，很可能壓根沒有搞清楚外面發生什麼事，或者大家要做什麼。

雖然記憶喪失外加混亂，但單憑他身爲時族或者重柳族的身分，對於時空變動一事依舊有著清楚的了解，所以給了大家一個較難拒絕的理由。

「小孩說混亂場域座標易變，時間一拉長，座標很容易作廢。」充當傳話筒的魔龍這次直接在外面現身告訴所有人。「本尊也覺得該先去混亂場域，重柳族都來過了，扣押魂體兩、三個月內不溢散，這點本尊設的祕術還是可以做得到。」

二十七大概也把魔龍的拘魂禁術考量進去，兩人說出來的時間差異不大。

除了不知道爲什麼在那邊跳腳的奇美拉，在場的人稍作思考了半晌，很快就定下回到混亂場域的簡易計畫，當然米納斯對此似乎還有些猶疑，她更偏向先去尋找重柳最後所在的冰域，然而這次魔龍也不站她。

「嗯？」正湊在一起提供意見、規劃路線的哈維恩抬起手，一根黑色羽毛輕飄飄地落在他的掌心上。「流越大祭司的傳信。」

不是在封閉的孤島裡面嗎，怎麼傳的信？

我們一下停止討論，都湊到哈維恩身邊。

「米納斯閣下的那個尋找術法波動觸動他設置在外的禁制，然後藉由公會在外人員的管道傳進島內。」哈維恩稍微解釋了兩句我的疑問，繼續道：「流越遞來了一些物品，希望能夠幫得上忙。」

物品？

哈維恩打開附著在黑羽的術法拋到地面，很快張開了一張傳送陣圖，上頭立即堆疊出好幾盒大大小小的東西。

我隨手掀開最大那個箱子，看見內容物的瞬間又秒關上。

……這個一定是大哥友情贊助。

「大爺的快遞！」西瑞把那個超大大大箱拖走，裝滿食物的沉重箱子直接把地面犁出一整條禿。

接下來幾個盒子就都很正常了，大多是術法載具，如水晶、符紙等等用品，有些是大祭司親製，有些是聯繫了外界的羽族緊急調用，分量多到嚇人，還有一些各人的備用武具，看上面的徽記刻印，來自於不同處的羽族浮空島。

畢竟孤島還在收尾戰，流越竟然能撥空準備這些東西，眞的非常有心。

學長按照每個人的作戰風格分配了這批很有用的愛心戰備品。先不說其他，被我們用好幾次的陣地結界又補了新的，這個作爲安全點眞的超棒，防禦力不是一般強，雖然學長他們也都會按著流越先前的教學製作，但總感覺就是差了那麼點。

「指針。」哈維恩取出一個裝滿銀色小水晶的巴掌大盒子。「這可以在亂流中連接我們走過的路徑。」

「數量夠在混亂場域開條路了。」學長接過盒子收起。

遠方的大祭司算是為我們把可能會遇到的狀況的所需物品都準備齊全了……看看人家大祭司，再看看重柳族那個爆掉的大祭司，這年頭祭司和祭司果然不同，希望二十七未來不要變成那種充滿水分的大祭司。

題外話，不知道基於什麼心態，準備過來的還有一箱不算常規的藥物，大家都看向哈維恩，莫名其妙兼職治療的夜妖精沉著張無言的臉，把藥收走了，當初剛認識時，他可能都沒想到會有這麼一天。

欸不對等等，我記得夏碎學長治療術也很不錯，這傢伙現在為什麼在那邊擺爛把重擔甩給哈維恩？

欺負夜妖精老實人？

哈維恩倒是沒有計較這些，或者是習慣了大家沒事就擺爛的模式。

俗話說能者過勞，夜妖精已經快要站到了過勞頂點。

接著幾人開始分工合作繪製大型移送陣。

「這個怎麼辦？」一直無聲在周圍轉來轉去的西穆德提起再度想逃跑的奇美拉，詢問。

「先寄放在你那裡。」總覺得西穆德抓這隻想落跑的狗抓得很勤，我乾脆就先交給對方部分控制權。

「……」西穆德退了兩步，大概是有點後悔為什麼要開這個口。

這時西瑞也把他的巨大箱子收好了，他一邊擦嘴一邊蹲在製作中的陣法圖邊，很有監工的意味。

法陣繪製得差不多時，夏碎學長晃過來做行前說明：「在混亂場域，請大家儘可能抱團，非必要不要脫離團隊，即使看見什麼很有意思的事情……也別脫隊，否則可能會被丟去十萬八千里外，尋找麻煩，不如放棄。」

總感覺好像是在說某獸王族。

「請大家儘可能活著喔。」並沒有刻意針對任何人，夏碎學長親切地表示。

……

總感覺我好像遺忘了什麼？

那邊的學長開始啓動陣法，目的地是我們發覺米納斯身體指引的座標。

「走了。」學長大步跨進法陣。

看著大家說說笑笑地走進去，我在最後跟上。

踩進法陣的那瞬間，我突然想起來我忘記什麼了。

靠杯啊學長應該遣送回醫療班的！

這傢伙在假裝他沒事情啊啊啊啊啊！

第六話　莫圖蘭

公主那些非人類關卡後來發展如何不得而知。

我們落地點是混亂場域的入口，遙望禁地的方向，遠端只有一大堆不斷連發的蘑菇雲，感覺應該有很多故事或事故，例如爆破和毀滅、死亡和再生、尋仇和結仇，但不知道最後的贏家是誰。

啊，是我們。

拿走一堆寶物又沒被抓到小辮子的我們是最後贏家喔呵呵！

「接下來跟著我們走，不要猶豫，否則通道很可能會瞬息變動。」

學長的聲音讓我集中精神聽講。

夏碎學長則是在大家身上貼了幾個不同的追蹤術法，以及分發流越贊助的一些互相尋蹤小物，畢竟不知道在這種極端區域裡哪些會失效，哪些可以用得上，多帶一點保險。

在魔龍建議下，我也幫自己多上好幾道風系輔助，連增幅小飛碟都拿出來掛在身上。

隨即開始的，就是一連串跑酷運動。

上一回來的時候因爲掉在草地圈，我本來以爲會像那樣直接借用學長他們之前設定的一些座標點做轉移，然而我想得太美好了。

那些座標竟然和我們的路徑不相接啊靠！

時空亂流與盡頭之海交疊，這也意味著中間有大量零散的空間碎片，類似先前二十七放置魔神核那塊地，到處都是看不清對岸的煙障或者各色霧氣，一個不小心就會踩空、遭捲成垃圾，或者根本不知道會被丟到哪裡。

有時候才剛踏上新的一塊地，來路瞬間已變成另外一種模樣。

剛進混亂場域不到五分鐘，馬上理解最開始學長們的警告。

在這種地方哈維恩、西穆德也顧不上我了，基本上所有人都沒什麼餘裕，要在最短時間裡判斷出正確路線，還要立刻跳傳到連接那處的碎塊上，接著在下一個碎塊還沒被亂流沖走之前換到新地方。

這感覺差不多就是遊戲跑酷眞實版。

↑→↓↓↑←↓！

這樣的立體體驗！

「前面可以休息一會兒。」學長帶著大家跳上一塊充滿岩石的新區域，地方不算小，周邊也很穩定，沒有某些地方有颳人的刀風或者水花什麼。

停下來後才發現帶路的學長脖子有一層薄汗，在這種地方領路非常不輕鬆，還必須隨時分辨座標追蹤的方位，得耗費相當大的心神。

隱隱地，我好像聽見類似海浪的聲音，很遠，也很細微。

哈維恩趁大家休息時，與夏碎學長在穩定區域打上記號，如果這地方往後沒有被亂流沖碎，哪天我們精神不穩定又跑進來時，同樣可以作爲臨時落腳處。

「看下面。」魔龍的小飛碟順著岩石地的邊緣轉了圈，我跟著他的位置往懸空處下望，一片黑色洋流在很遠的地方蜿蜒穿過。「盡頭之海。」

現在跳下去會直接進到盡頭之海嗎？

「有機率變成肉泥直達。」魔龍毫不留情吐我槽。

話才剛說完，我就看見一塊折疊起來的土地飄過，上面沾染發黑的可疑不明液體，還有幾根散落的骨頭，看起來就是超不安全。

學長站在另一端放飛銀色小水晶，小東西飄浮起來後立即轉出相應的小小時空術法，然後吸附在岩石區，如果之後我們迷失了，可以沿著銀色小水晶的接龍指引回到入口。

這東西還有另個用處，如果流越出關，按照他的能力可以直接在這邊關條康莊大道，之後要進來會方便許多。

「那個也是特產。」留意到我在看下面奇奇怪怪的風景，夏碎學長好心地指斜上方飄過去的一隻惡靈……對，眞的是鬼，有隻鮮血淋漓的鬼被時空碎片夾著，一邊發出嚎叫一邊被捲到別條亂流裡，很快地消失在視線裡。

「……」我無言地看著夏碎學長，開始思考這兩人年輕時到底抱著什麼心態闖進混亂場域，他們精神眞的沒事嗎！

這段期間，用來追蹤米納斯的那個指引術法越來越明亮，座標位置也逐漸清晰起來。我們的目標並不在盡頭之海內，而是混亂場域裡的某條時空亂流中。這條亂流大概是偶然連接到未知的封閉空間，因緣際會下又通過時空隙縫、某部分與混亂場域相接。由於公主關卡的異變，許多存在爲了搶奪資源，藉由混亂場域衝出，引動了這些原本安靜的亂流和隙縫，間接讓術法得以捕捉到相關線索。

簡單地說，大概就是我們撿到。

倒楣這麼多年，總是有幾次的幸運。

大夥兒休息了一會兒，學長那邊也再次畫出新的最優路徑，可以再度啓程。

這瞬間我眼前突地一片發黑，出現大量詭異的炫黑色塊。

我踉蹌了步。

低頭，紅色的血珠落在手背上。

這是……

「怎麼了？」學長等人回過頭。

「沒事，可能是運動量有點多。」我擦掉鼻血，甩甩手。

哈維恩走過來一把扣住我的手腕，我下意識正要抽回手，背對大家的夜妖精微微皺眉，然而說出的話是：「確實，有點過度勞累。」

頓了下，我是眞沒想到他居然會這樣說。

「要再休息一會兒嗎？」夏碎學長詢問。

「弱雞，你確定沒事？」魔龍有點疑惑，他似乎在探查我的身體，連米納斯都是，但他們必定不會查出什麼。

「唔，沒事。」接過哈維恩遞來的手帕，我重新把臉擦一擦，大家看過來的確沒看見再出血。

學長又多停留五分鐘，確定沒狀況後，才繼續我們的跑酷之旅。

※

希克斯和米納斯絕對檢查不出我身體有特殊異狀。

除非我讓他們知道。

先前發現可以截斷聊天室後，我思考過應該也可以遮蔽一些我不想讓他們知道的事情，例如身體的眞實現況。

不得不說，古戰場和重柳一事確實給了我很大的打擊。

我必須一直變強，並且整個過程不允許任何人阻止。

這個念頭從最早學院事變後到現在，只有日漸增加，然而礙於眾多限制及白色種族的狗屁規則，實際上增強得有限。

直到重返古戰場後。

我的身體素質是個很大的問題，這點希克斯剛來就提出過，後期我也按照魔龍的安排進行各種訓練，但始終比不過在這個世界從小鍛鍊的其他人，或者體質各異的種族們。

後來得到魔神核的力量、提純血脈，以及身體被破壞又重組，我隱瞞了大家做了一件事——擷取部分精純的黑色力量不斷衝擊身體限制。

這個方式是從血脈傳承裡找到的，祖先其實沒有刻意交代這點，但在他們留下的一些祕法中，有描述怎樣使用黑色力量極端改變身體的方法，還有製造假象騙過醫療班等人的做法。

另外，我遮蔽了魔龍和米納斯對這具身體的深度探查，只讓他們看見表面呈現，接著日夜不斷拿黑色力量擠壓、強硬拔升體質，然後再瘋狂地把魔神核剩餘的力量強迫地壓縮進體內。

方法很有用，至少短時間內變強的速度很快。

隨後在公主設置的關卡中得到更多純粹的黑色力量，五天內我加速這個進程，儘可能把強硬升等身體的進度往上拉了一大步。

到目前為止，大家應該都只認為我是用常規的方式，拿黑色力量無痛慢慢改造身體。

不過剛剛哈維恩應該已經意識到了。

先前心灰意冷，用這個祕法我覺得頂多就是個死而已，沒什麼感覺。現在大概要想個辦法解釋或糊弄——如果被其他人發現的話。

哈維恩顧及到我的意願，不會主動告訴別人。但大概是因為在重柳族驟然被切了一塊「時間」，牽動出後遺症了，恐怕會引起學長的疑心……畢竟他連續看了我好幾眼了，有夠靠杯，可不可以不要這麼敏銳啊。

「使用這個會好點。」夜妖精神情略有點複雜，然而表情管理得很好，乍看之下好像真的只是擔心我過勞似地，拿了一盒很像喉糖的東西給我。「等脫離混亂場域——」

後面的話沒講完，他知我知，脫離混亂場域後他可能要先掐我的脖子，接著半吊子診療，儘可能幫我配一些輔助藥物。

幾年前的夜妖精大概沒想到有朝一日要被迫學醫，並且朝全能醫生的職涯方向邁進，他甚至都沒有去醫療相關系所拿證照。

……

……對欸！放在人類社會這個叫無照密醫。

我丟了顆喉糖進嘴裡，一股茉莉花味在嘴裡融化，衝鼻子的血味整個退下去了。

魔龍前前後後檢視了幾輪，然而只是魂體寄宿，有很多東西其實他也不一定能完全掌握，隔空在祕法與兵器契約的遮蔽下，硬是沒發現異常，「好像哪裡怪怪的……」

幸虧在跑酷，我直接無視魔龍和米納斯的疑惑，只專心追逐前面學長等人的背影。

哈維恩因為擔心跑在我側邊，西穆德則是略慢，尾隨在兩步之後。

西瑞……西瑞差點衝到學長前面，還好他記得自己不會分辨混亂場域的路，所以沒真的衝過學長、消失在我們面前。

前前後後又跑了很長一段時間，中途遇到安全點停下來兩、三次。

最終，我們踩上焦黑的沙地。

這塊不規則的焦土很小，直徑不超過五百公尺，正中央懸空一條黑色的閃電狀裂紋，帶有一點點沾染的魔氣，此時正不斷散發絲絲詭異的黑色氣息，偏偏指引術法的線光鑽進裂紋薄如紙張的縫口裡，昭示著我們接下來要前進的目的地恐怕不會讓人太舒服。

除去這些，焦土其實也算是個穩定的區塊，大概就是因爲它穩定，這條裂縫才會維持到我們找來。

「可以感覺到什麼嗎？」我回過頭，米納斯和魔龍不知道何時在所有人後方顯出身影，兩人凝視著裂痕，看見的似乎並非相同之物，神情各異。

「大魔物的屍體。」魔龍嘖了聲：「死透那種，有東西寄生在上面。」

「……別進去了。」米納斯突然抬起手，水霧將裂痕覆蓋，臉色相當不好。「我感受到『我』，在極度危險的地方。」

「和死去的魔物有關係嗎？」學長阻住即將被抹去的裂痕。

「……」不希望我們進去，所以米納斯並沒有回答問句，而是打算破壞學長的術法，終止大家尋找軀體的行動。

如果是一般人，那還眞的要你來我往糾纏一會兒，但米納斯是與我締結契約的幻武，即使是僞兵器，那也是締結了。

二話不說，不講武德，我在米納斯眞的拔掉術法前把她收回意識層裡。

魔龍見狀立即跟進去。

我們幾個在外面的人面面相覷，想闖一下但又不能在違背米納斯意願的當下衝一波，至少得等魔龍與她溝通完。

「這個一直阻著沒關係嗎？」我看撐住剩餘隙縫的術法要死不活的樣子，感覺隨時會被關閉。

「眞到快關的時候先進去再說了。」學長一整個就是船到橋頭自然直。

「直接衝不就好了。」西瑞秉持著先斬後奏。「反正一定要進去搶身體！先搶先贏！」話是這樣說沒錯。

「如果是大魔物的死軀，那麼寄生在上面的事物無論是什麼，應該都相當棘手。」夏碎學長已經開始寫計畫備案，還有準備待會兒可能要用到的各種術法。

「鬼族。」

我們動作一致地回過頭，看向罕見主動開口的血靈。西穆德頓了下，很鎮定地繼續說道：

「有很淡的鬼族扭曲氣味，若是辨認無誤，掩蓋己身的寄生物是鬼族，數量不少。」

這答案在妖魔鬼怪、異靈，外加異界魔神橫行的現今，突然顯得非常樸實無華。

「應該不只。」哈維恩難得有點焦慮，大概是我的狀況也加了根稻草上去，夜妖精始終在我幾步遠的位置，沒往前去探查隙縫。「不會平白無故寄生在大妖魔的屍骸，一定有其他意圖……」

有意圖的鬼族通常是高階鬼族，然後一大群，又趴在妖魔的屍骸，以及米納斯想勸退所有人的異狀，這些要素全都加在一起，嗯，又是個地獄副本。

大家各自盯著隙縫、若有所思之際，被西穆德攜帶在一邊的奇美拉一堆腦袋朝向隙縫，因爲時間過久，引起我們的注意。

「來，說說你的意見。」我走過去，彈了彈山羊的腦袋。

瞬間，一大堆眼睛對向我。

那顆淚腺發達的山羊腦袋啪地一下又開始淚流滿面。

「在裡面……都在裡面……」

※

米納斯最後還是被魔龍勸出來了。

一開始是我把她塞回去沒錯，但魔龍追回去聊天室後我就把限制解開了，之後米納斯乾脆就沉進意識深處不肯出來，變相地對大家進行無聲的抗議。

說真的，長久以來米納斯的形象一直都是穩重溫柔及冷靜睿智，像這樣消極、逃避現實，乍見還眞有點詭異地讓人感到有趣。

「我仍不希望大家進入。」米納斯再次出現，依舊站反對立場，即使她可以看出大家明顯打算拉開隙縫，向內直衝，爲她取回身體。

在踏上焦土、見到裂縫那瞬間，米納斯其實想起來一些記憶，這讓她毅然決然以大家的安全爲優先，放棄自己的機會。

「與異界魔神也有關係嗎？」等待米納斯的期間，我也認眞思考了一輪，先前從水母妖魔們那邊知道造成混亂場域更爲異常的其中一個原因是魔神從這裡侵入，並襲擊妖靈界。既然這裡有隙縫交疊，是不是與此相關的戰場呢？

這樣說起來，其實我認識的很多人都是直接或間接的魔神入侵受害者，雖說現在種族刻意把魔神的影響與歷史壓到檯面下，但仔細一探，上萬年累積的古戰場遺毒竟然直到今日都還在持續——魔神造成的傷害深遠到讓人感到恐怖。

「更多是本界的原因。」米納斯不否認魔神那部分。「但不希望大家進去，有其他的……」

原因終究還是沒說出來。

突如其來的變動打斷大家想勸的話。

陌生、帶著一絲熟悉的力量感在混亂場域遠端出現，以極爲強勢的力量和速度，勢如破竹地搗碎好幾處我們跑酷經過的障礙點。

哈維恩與西穆德不約而同緊握武器站到最前方，然後被西瑞擠開，某殺手興致勃勃地等待逼近的外來者。

接著，西瑞狐疑地半眯起眼睛。

顯然他也發現來者很可能是先前有一面之緣的存在。

大量水霧撲面而來，一圈又一圈地包裹住我們臨時設在焦土上的守護結界，展開了水藍色的大型陣圖。

同一時間，結界外突地傳來細細碎碎的聲響，水色圖紋不斷濺出一圈圈波紋，其上開始出現極小、如米粒般的黑色小蟲，我們居然一個人也沒發現，隱藏在空氣裡的細小甲殼蟲不知道什麼時候爬滿結界外層，長得有點像米蟲，卻在喀喀喀地啃食最外圈的結界壁。

如果不是被漣漪震出，很可能再過幾分鐘結界壁就會被咬穿，屆時便有一大堆無形的小蟲子衝進結界內。

注意到這點，除了密集恐懼以外，還讓人有些悚然。

血脈純化後力量變強，雖說滿滿負面狀態，但不得不說我還是有點飄了，看著在結界外殼密密麻麻爬動的小蟲子，冷汗直接布滿後背。

就這樣還想屁個保護所有人。

越來越多漣漪圈繞整片不算大的焦土，又一次圈紋共振時，一條嶄新穩定的通道撕開混亂交疊的亂流，絕對霸道地銜接到我們面前。

通道彼端，是鑲滿各種藍色系玻璃的建築，以及盛開白花的花園。

「分界守門人。」西穆德收起長刀。

與此同時，藍色圖紋覆蓋那道已經變得很小的裂痕，不由分說地填補起那條縫口，很快地，整條隙縫消失，指引術法再度失去對米納斯本體的追蹤。

奇美拉叫了聲，突然邁開小短腿，往滿溢水氣的新通道衝去。

「……米契爾？」

米納斯看著通道盡頭的庭院與建築，與先前初見時的陌生反應不同，現在她的表情多了一絲自己都沒察覺的懷念。

「果然是上次那傢伙。」西瑞嘖了聲，眼見打不起來、加上是之前去過的舊地，不能大冒險讓他覺得很無趣。

通道強勢地關掉焦土的出入口，加上隙縫被填補消失，我們其實沒有其餘選擇，對方只給我們進入通道的單一選項，霸道卻又小心翼翼。

學長和夏碎學長大致知道我和西瑞來過這地方，西穆德和魔龍因爲是後來加入的，所以不太清楚當初水精之石引發的連串事件。

相較上次無意間闖進，彩繪玻璃好像花樣變得更多了，且栽滿的白花數量也劇增……仔細看也不算純白，而是隱隱帶了點近乎透明的水色脈絡，新空間裡的陽光一掃，波光瀲灩，讓人各種驚艷，彷彿行走在一片湖光上。

建築整改過，多了更多透藍的紋路，變得更加低調奢華，敞開的門內多了許多布置與家具，與上回有點寂寥的空蕩相比，變動極大。

牆面重新鑲進價值連城的水精之石。

現在我眞的相信對方上次說的話了，水精之石在他眼裡確實就是個裝飾品，拔給外來者後，再度換了顆新的上去，新的水石被雕琢成正圓形，周圍環繞著一圈顏色較淺的藍色礦石。

通往二樓的階梯傳來聲響，就和第一次我們闖進來時幾乎一樣。

穿著銀藍色長袍的青年站在高處，噙著一抹極淺極淡的笑意。

「遲早……你們會再次到來的，不是嗎。」

※

「這位是米契爾沃斯亞。」

我替彼此介紹了各自的身分。

「此爲水族之名。」青年補充道：「自由世界裡，或許諸位聽過的是『契希爾．莫圖蘭』，暴亂之海。」

在這期間，米契爾暫時關閉了連向混亂場域焦土地的通道，空間獨立的庭院再度恢復寧靜。

「啊……原來如此。」學長有些恍然大悟，無奈地開口：「難怪，水族遲遲沒有對於米納斯一事進行回應。」

「是的，時機未到，但沒想到契機是如此產生。」米契爾直率地認下他們擋住查詢米納斯身分的結果。

青年緩緩從階梯走下，這時我才注意到雖然他穿著長袍，但其實著裝很隨意，甚至赤足踩在水色玉石地面，上回整齊梳好的白色長髮此時鬆散地隨手束在身後，一身冷白偏藍的皮膚比先前更蒼白了，看著似乎掉了很多健康值，不曉得上次匆促一面後，這位發生了什麼事。

「幾位試圖從錯誤的裂縫闖進死亡之地，真讓人大吃一驚，不得不出手介入。」幾句解釋了通道強行接入焦土的因由，米契爾抬起手，「請坐，自便，平時這裡不會有人，不須過於拘謹。」

兩次進入，這座建築裡確實真的沒什麼人。

能夠手撕混亂場域、連結通道，青年絕對不是什麼普通的種族居民，竟然沒有侍奉者嗎？

說讓我們自便還眞的自便，青年提了幾個例如廚房及物資儲藏室的位置後，才重新看向一直緊緊盯著他的米納斯。

「妳正在逐漸恢復。」米契爾有點欣慰地勾起唇，肉眼可見地心情愉悅：「這樣很好。」

米納斯身邊浮出霧氣，幻影游近青年，右手有些眷戀地放到對方手臂上，小心又不太確定地開口：「……二哥。」

即使有心理準備他們兩個很可能有親屬或是同源關係，但這麼親近的稱呼還是讓我一愣。

「米契爾沃斯亞，或者說『契希爾．莫圖蘭』這個名字才廣爲人知，屬於水族前一任王的次子。」學長輕聲告訴我：「同時曾出任伏水一族代族長，然而在位期間很短，後因不明原因卸任並失去蹤影……沒想到成爲水族地界的守衛者。」

所以他們上面應該還有一位大哥或大姊？

基於米納斯和米契爾現在的狀況，我隱約感覺那位長子恐怕凶多吉少。

「通用歷史對於水族的莫圖蘭家族確實有更多記載，難怪米納斯的名字在守世界裡毫無記錄。」夏碎學長稍作解釋。水族有所謂的水族之名——僅在關係親近的同族之間使用，水族之名與他們的魂靈本源相連，非常重要，一般不會被外族知曉。

上回米契爾與其是告訴我，還不如說他其實是在告訴米納斯，所以報出的是自己的水族之

名。

眞正在世界歷史被通用的則是「莫圖蘭」家族，一說到莫圖蘭，在歷史上赫赫有名，這是個王室大家族，並且屬於水族裡極爲驍勇善戰的純粹本源族，等同於純血妖師、白精靈。遠古至今，莫圖蘭家族出現過眾多的王者及數不盡的大商人、戰士、英雄、神女、大祭司、賢者……等，可說是全方位發展的驚人家族。

「一直有謠傳契希爾殿下早已回歸安息之地，看來傳出者有些刻意了。」夏碎學長說道。

也是，如果米契爾眞實身分這麼顯赫還被說掛了，那麼謠言多半是故意這樣傳出去的，就不知道原因是什麼。

畢竟人家好好的，還在水族邊界當守門人，凡是個有點地位的水族應該都知道這件事，沒有授意，他們早應該把亂造謠的人打成醬汁。

話說回來，米納斯的通用名又是什麼？

大概是因爲一開始締結契約，以及失憶的因素，米納斯使用的是本源族名，也都沒提過她的通用名……或者這部分也都忘得乾乾淨淨，不然她應該早說了。

「我在自由世界的外族名又是？」米納斯聽見我內心的疑惑，順勢問出來。

好的，她自己確實不知道。

這個問題米契爾回答得非常爽快：「希納斯．莫圖蘭。」

「希納斯？至高聖殿神女、希納斯．莫圖蘭？海洋之風？」學長這次眞的很意外了，幾個人裡他最先有反應，接著是哈維恩，他們現在看米納斯的表情大概就是一種「靠杯我們把別人家的珍寶淪爲盜匪」之類的樣子。

「對。」米契爾反應平淡地點點頭。

現在唯一的慶幸是大家平常對米納斯都很有禮貌，除了我之外。

遙想年輕的我。

火燒大豆。

放硫酸。

放王水。

自暴自棄滿地爬行。

……

……

所以那一連串聽起來很威的頭銜到底是？

「這是相當長的故事了。」顯然也對莫圖蘭家族有不少了解的夏碎學長不知從哪找出茶具，還眞的當成自己家開始替大家煮水泡茶，屋主竟也沒有阻止，一臉樂見其成地等待茶水。

「你也聽過嗎？」我看向學習成績同樣不差的哈維恩。

夜妖精點點頭。

「該不會是那個……海上災難三兄妹？」西瑞想了半天，一擊掌。「七大水域和九大海域揚名的莫圖蘭暴君三兄妹，疾雷驟雨、暴亂之海和海洋之風。」

「似乎也有這種說法。」米契爾繼續點頭。「年輕氣盛，偶爾會有些過激舉止，大家應該都明白的吧。」

等等，爲什麼稱號越來越奇怪了？這些名字代表的意義聽起來精神狀態都不是很對勁啊！

藉由越來越多名頭，似乎眞的想起某些事物，米納斯的神情開始變得怪怪的，如果要具體形容，有點像是某種黑歷史即將被人開箱的窘境。

「什麼奇奇怪怪的東西。」老年人魔龍聽不懂他沉睡之後年輕人們的發展。

「大爺以前聽說過，水族或海族還到處都是的年代，到水邊最好不要亂講話，不然撞上災難三兄妹，人生就會直接變成一場災難。」西瑞歪著腦袋，看看米納斯，又看看米契爾，又看看米納斯，大概是沒法把這張溫柔的臉和癲狂的稱呼畫上等號。「眞的嗎？」

我看著強裝一臉無事的米納斯，感嘆果然人間何處不相逢，天天聽別人黑歷史，總有一天自己的黑歷史就會找上門，而且可能還不記得！連想反駁都不太確定！

「有意思。」魔龍若有所思地盯著米納斯看，好像對別人年輕時的「壯舉」很感興趣，接著被一團水打到旁邊去。

米契爾接過夏碎學長泡好的茶，帶著淡淡笑意輕啜了一口，對於米納斯陷入有點緊張的境況似乎覺得相當好玩，沒有制止的打算，或者應該說，造成這狀況的其實就是他。

看來也是個有點腹黑的傢伙。

說起來，有那種稱號的人，可能怎樣都不會腹白到哪裡去吧。

❀

「爲何要阻止我們進隙縫？」

並沒打算讓話題轉太遠，哈維恩等了片刻後，重新提起正事。因爲瞎扯而變得比較輕鬆的氣氛很快沉澱下來，每個人臉上都帶有不一的深思。

米契爾將半涼的茶杯放到小桌，一旁悄悄有隻小手掌伸出來，不曉得何時離開她主人的小亭摸走茶杯，乖巧地去換裝溫熱的茶水。

「幾位盯上隙縫讓我很意外。」米契爾接起剛才未竟的話題，「我沒想到混亂場域的隙縫會被無預警開啓，得承認這超出預料，否則我們應該稍晚些才會相遇。」

言下之意，米契爾其實不打算這麼早找上我們，按照他的規劃，很可能是要等米納斯想起更多事情，由米納斯循著回憶，主動來尋找他。

彎下腰，水族青年抱起不知道什麼時候蹲在他腳邊的奇美拉，將四不像放在膝蓋上，擼貓似地輕輕順著生物的毛皮。

對此，奇美拉沒有反抗，相反地似乎認得米契爾，任由對方上下其手。

「我們有位朋友爲米納斯製作尋找身體線索的尋蹤術法。」學長大致解釋了發現隙縫的緣由。

「原來如此。」米契爾點點頭，「按照尋蹤，確實能發現這道隙縫……不過那位朋友應該不在此處，否則見到隙縫，也會阻止各位。」

「環境的關係，或是封印在內部的東西？」學長代表詢問。

我很快聯想到裡面的大妖魔屍骸，還有很多的鬼族……所以是個鬼族和妖魔的戰場？按上次找到心臟的前例，難不成是因爲黑色戰場污染太嚴重，加上很可能大妖魔還會復活云云，所以用米納斯的身體來鎮壓？

「是內部的問題，你們應該也稍微有感覺裡面不簡單，在界與界交會之處，布滿了一觸立即扭曲的劇毒。」米契爾妮妮道出他不讓我們摸進去的理由：「當年戰況慘烈，好不容易殺死妖魔，並使其無法再度復活、徹底消散，但也造成小空間內充滿大量鬼族死亡後遺留的高濃度毒素與詛咒，若毫無防備地進入，就會瞬間被毒素扭曲。」

「妖魔和鬼族入侵的戰爭？」聽起來規模不小，否則怎會打出塞滿鬼族毒素的空間。

「不，其實是妖魔與鬼族的對戰。」米契爾解釋：「是更前一代的鬼王與大妖魔同時發現溢散在虛空的陰影殘片，為了爭奪力量大打出手。當時非常靠近水族的時空走廊，因此我族與同盟前往鎮壓，沒想到發生了極慘烈的變故。」

扭曲惡鬼王無意間發現並打算吞食陰影碎片，沒想到同行的王級大妖魔蠢蠢欲動，雙方在「邊界」大打出手，引來了更多邪惡存在覬覦，虛空戰場不斷擴大，震動了世界外層守護大結界，造成部分界壁的崩裂。

不少八大種族前往修補傷害，其中先行到達的水族切割了戰場，由水族負責消滅大妖魔，同行的伏水一族驅趕惡鬼王，隨後到來的時族和精靈族則進行界壁的重整。

原本應該很順利。

「……但是出現了邪神，因為貪婪、慾望、破壞與死亡，無聲的呼喚將在界壁外遊蕩的異界入侵者也吸引過來。」米納斯喃喃地說，不斷回歸的記憶使她身邊越來越多水霧，周圍空氣變得很濕潤。

「我們的兄長、父母與許多族人親友，殞落於這一戰。」

米契爾停頓了半晌，抬起手掩住口鼻，輕輕咳了幾聲，才又繼續說道：「米納斯聽見消息後，與麾下部隊前往追擊搶得陰影碎片的異靈，沒想到自此失去下落。」

「我們一直在尋找，找了很久很久，最後在盡頭之海得到協助，終於找到成為封印的米納斯身軀，她竟然就在最初大妖魔與鬼族發生爭戰的地域正下方，也是我們親人葬身之處……當時前往的部隊早已全數回到安息之地，而她將自己活祭後，鎮壓差點被異靈復甦的魔神，然而心臟被竊取，生靈也消散。」

水族青年帶著淡藍的銀色雙眼深深地看著米納斯。「所有人都以為她的魂靈已經粉碎。」

「直到，她重新以幻武兵器的身分出現在現世。」

第七話　聖殿神女

米契爾讓我們在整座建築中能自由來去。

先不說別的，裡頭偌大的圖書室放滿水族各種不對外開放的種族歷史記錄，關於所謂的「災難三兄妹」的記載自然也不少。

學長幾人從書架上取下好幾本厚重的書冊，米契爾則是窩到窗邊的躺椅，悠悠哉哉地看著大夥兒忙碌查資料，間或解答一些問題，曬著太陽、喝著小亭泡給他的茶，姿態極爲閒適。

期間依舊沒有看見侍奉者們的蹤影，活生生整個建築內眞的沒有其他人存在，被出借的小亭跑前跑後準備了一大堆茶水點心，充當臨時小管家。

即使得到黑色種族傳承，但水族文字看不懂還是看不懂，於是我幫忙搬了一會兒書後被一群人覺得起不了什麼作用，憂心我狀況然而又不能大庭廣眾下給我來一套健檢的哈維恩乾脆把我推到休息區，還順手給我一堆空的術法水晶畫圈圈打發時間。

看看在擼奇美拉的水族青年，我默默地挪到旁邊的空桌，捏著小飛碟開始畫祖先給我的術法陣。

先做好術法水晶有個好處，貯存好大陣之後可以丟給學長他們使用，就像他們也常常做好塞給我一樣。

米契爾拿起一張我畫好還沒處理的黑色術法圖，靜靜地端詳。

……線歪了應該沒關係吧。

他看得太認眞了，有種之前被黑王、米納斯和魔龍教學時的監督感。

「有什麼想問的嗎？」放下手上的陣圖，米契爾支著下頷，把貓、把奇美拉放到椅子另一邊。

「呃、超多。」問就是爆炸多，什麼都想問。

「例如我們三兄妹、例如米納斯過往，例如現在能不能進去將身體取出來。」米契爾偏著頭，「第三個是不行，時間還未到。」

「前面兩個尊重米納斯的意願，她想說黑歷史時再說。」我看米納斯就一臉不是很想被翻黑歷史的樣子，雖然我超想知道，不過尊重她，也尊重我的生命。「但你的部分……」

「懶呢，正規的那些事情記錄都有寫。」米契爾半躺在椅子上指指正在搬運資料的那群人，畢竟米納斯原身有超猛的地位，所以大家正在翻與她相關的記載，藉著記錄裡不斷出現的關鍵字，米納斯的記憶也隨之快速恢復中。

說起來，他這些資料是不是老早就準備好等我們來看的啊！不然為什麼都是記錄他們三兄妹、尤其是米納斯的事情居多。

我猜了兩秒，乾脆直接問本人，反正他看起來很閒，也想被問問題的樣子。

「我以為夠明顯了。」米契爾繼續擼貓。

「你認識奇美拉？」我看這隻東西超順從，與先前整個判若兩獸……咦？等等……

我盯著因為擼奇美拉，袖口偶爾上翻而隱約露出的手腕，藍白色的皮膚似有若無地出現了一些黑色痕跡，接著消失，但之後又出現了不同、像是黑斑的色塊。

米契爾將袖口拉上，對我比了個噤聲的手勢，接著繼續回答問題：「以前見過，但那時候沒有這麼小隻。」

奇美拉四顆腦袋委屈地看向水族青年。

我還以為這個大小是狗自己變的，原來不是嗎！被二十七固定了嗎！不過應該還是變得回來吧？

總之暫時維持這個大小還滿好的，至少攜帶很方便。

「曾經在伏水見過，當時他與另一位幻獸被派遣至其中一處伏水神廟。」米契爾微微一笑，抓住奇美拉的蛇頭，異獸瑟瑟發抖，不敢多做反抗，乖乖地被捏住細長的脖子。「但後來我聽說的是，你自神廟逃走，躲避了責任，爲什麼呢？」

多愁善感的羊頭又開始掉眼淚。

「……想見……」

「因爲想見他……」

不同的頭發出細小的哀號，據說封印了記憶的異獸現在又一副帶有記憶的模樣。

「誰？」米契爾詢問。

奇美拉報了個滿長的名字，不過最後也有個莫圖蘭的姓作結尾。

米契爾思索了片刻，有些遺憾地開口：「很抱歉，但他已經回到安息之地，就在那個戰場中，你們嗅到了他的死亡氣息，不是嗎。」

奇美拉一堆腦袋開始掉眼淚，然後從水族的膝蓋跳下來，拖著腳步默默走去角落，面對牆壁自閉。

「放著沒關係？」我看西瑞走過去拖了一下奇美拉的尾巴都沒被搭理，突然有點疑問，這種凶獸這麼心靈脆弱的嗎？不知道該不該安慰。

「他們身上有血腥味，某段時間應該沾染了無辜者的血液，不須對其感到可憐。」米契爾意外地有些冷漠，淡然地說道：「他們惦記的那位亡者如果知道奇美拉如此逃避責任，並且在外做出錯事，必也不願意再見他。」

「唔……」公主把奇美拉抓住看門勞改的事都還不知道因果，看來有時間要套套奇美拉的事了，我是不太相信牠全都忘光光，至少看上去，目前為止牠其實記得的很多，只是在那邊裝死。

但就像米契爾說的，牠做過壞事，就必須承擔代價。

※

學長那邊查找得很快。

應該說米契爾為了這一天，資料整理得非常完善，幾乎把米納斯生前比較正常端莊的那一面都按照時間擺放好，除去一些比較細的大小戰役與歌頌，完全可以搞懂當年發生什麼事。

按照次序來看，整個故事開始於近兩千年前。

所謂災難三兄妹還剛出生的年代。

前任水之帝王掌管整個自由世界的七大水域與九大海域，與其他種族可能會因分族不同，有好幾位王者的狀況不一樣，水族一直都只有一位大帝，其餘的十六片領域則由不同水族分系的大族長管理，例如伏水一族等等。

上一任大帝由莫圖蘭家主繼承，這位家主一共有三位子女。

慕爾芬．莫圖蘭，疾雷驟雨。

契希爾．莫圖蘭，暴亂之海。

希納斯．莫圖蘭，海洋之風。

水族大帝的位子並不是按血脈繼承，而是時間到的時候，「水」與「水神」會給予指示，標記出幾名候選人，由整個水族進行新任帝王的選擇。

因此，三兄妹並沒有帝位須要搶奪或繼承，感情非常好。

可以說是一人被欺負，三人組團加倍附送海難大禮包。

有一陣子，整個海域充滿了各式各樣狂風暴雨大龍捲……

「這部分可以跳過。」米納斯面無表情地把軼聞的記錄書蓋上，整套書往後丟開。

魔龍悄悄偷撿那套記錄，然後被一團水打飛。

隨著三兄妹長大，出眾的能力逐漸顯露出來，或者說一開始就顯現了，具體都呈現在他們四處興風作浪的手段上，所以大部分水族居民猜測說不定大帝候選人也會落在其中一人。

然而候選還沒開始，次子契希爾便應邀出任伏水一族的代族長，這時的伏水一族隱世，由於某些原因，當任族長生死不明，大祭司占卜後找上了莫圖蘭家族。

隨後，希納斯（米納斯）被神諭降予至高聖殿神女之位。

與隨處可見的神殿、神廟，或者其中的神官、神女們不同，水族的至高聖殿是十六片水域的核心、命脈，位於水族守護的世界脈絡之上，是最接近「水靈」、「水神」之處，聖殿神女一職更是整個至高聖殿最頂端的階位，幾乎只遜於大帝的存在。

換句話說，如果今天大帝沒選出來，水之帝王的位子懸空，那至高聖殿的神女基本就等同可發號施令的第二位大帝。

此後，希納斯進入至高聖殿接領神女一職。

雖說三人中的兄長似乎沒接任重要職位，但眾人幾乎都默認慕爾芬高機率就是下任大帝，畢竟這位疾雷驟雨還在青澀時期就開始征戰世界各處，種族聯盟軍裡很常見到他的身影，打法之凶殘令人印象深刻，記載裡甚至花了很多篇幅形容這位長子出戰的場面有多嚇人。

「兄長打人都打臉，眞可怕啊。」米契爾感嘆：「兄長的敵人落敗後，常常臉變形得連生身父母都認不出來。」

……？

是什麼報復社會的惡趣味？

總之，又是一個打仗好手，不說打人臉的部分。

三人各自成長，並在職場發光發熱的同時，世界也不斷向前變化，無論好還是壞。偏偏他們就是碰上了壞的那種，且是很壞。

那些年最多的事故就是妖靈界居民不斷試圖打開幽冥通道，讓惡鬼王或妖魔踏足自由世界，實現征服世界的野心。

俗話說得好，當外來的威脅不再是威脅，就會變成內部鬥爭。六界種族可以對外共同抗爭魔神，然而異界魔神一旦不在，黑白分明的立場就會乍現，廝殺從來沒有停止的一日。

相關的事件我在燄之谷同樣聽過，狼王狼后與第一公主偕同聯盟軍不斷在封閉這些不懷好意的走道，而伏水部族出行過幾次這些戰事。

在水域這邊也是，水族對峙幽冥走道的經驗同樣豐富。

那一日其實與平常差不多，大夥兒在水中自在徜徉時，狼煙示警又燃起，原先以爲老樣子是幽冥通道入侵，沒想到爆發激鬥的位置離水族設置通往自由世界的時空走廊極爲接近，一個不小心，很可能會在打爆這條時空道後引起空間扭曲。

於是最靠近事發點的慕爾芬在聯繫了大帝與同盟後，立即帶領水族戰士對衝第一波來襲，以極快的迅猛速度先行打退斥候兵。

在狂風暴雨中交戰的同時，慕爾芬發現狀況不對，來襲的是兩支龐大得過頭的軍團，分別隸屬獄界赤煉惡鬼王與妖靈界大妖魔雙頭蛇，雙方各自帶領成千上萬的妖邪，根本不像是臨時起意。

「嘖，那傢伙啊。」魔龍嗤了聲。

「雙頭蛇？」就叫這名字嗎？這個大妖魔也太隨便。

「嗯，很麻煩的傢伙，不是很強，可是很麻煩。」希克斯顯然很討厭這個雙頭蛇。

「傳聞中，大妖魔雙頭蛇幾乎不會死。」學長補充。

「不會死？」雖說妖魔好像都不會很簡單死翹翹，但不會死是……？

「雙頭蛇的生命力極強，性格狡詐、速度很快，如果無法同時間斬下他的兩顆頭、取出生命核燒燬，他會一瞬間再生。」學長皺眉，對這種妖魔也感到很棘手。「所謂的同時，就是要同時，少一秒、零點五秒都不行。」

……？

什麼超級嚴苛的條件？

難怪會說幾乎不會死。

這個不會死的雙頭蛇與赤煉惡鬼王籌劃多時，原本聯手開啓幽冥通道想入侵自由世界，偏偏在打穿虛空時，兩人同時發現被亂流包裹住的陰影碎片。

世界兵器的碎片無論在現代或是在那時代皆充滿誘惑力，只要融合一點點，就能得到無與倫比的強大力量。

所以雙頭蛇和赤煉鬼王爲了碎片，當場在虛空大打出手也是理所當然的事情。

偏偏他們打起來的位置不好，極貼近世界的保護殼與水族聯外的時空走廊，不管是哪個，爆了都會有嚴重的後續事故。

因此慕爾芬做了決定，切割了戰場，將鬼王和雙頭蛇區隔開，分別進行驅逐鎮壓或殲滅。

以帝王長子爲首的水族部隊嘗試擊殺雙頭蛇，想把這條很難死透的大妖魔徹底弄死，以絕後患。

以代族長爲首的伏水部族則是鎮壓赤煉惡鬼王，如果無法擊殺，則以驅逐優先。

與大妖魔不同，鬼族數量眾多，扭曲毒素也極爲難纏，若非必要，契希爾並不想拿族人的性命開玩笑，所以選用保守的打法。

接著水族帝王到來，穩定了震動不斷的世界壁、時空走道，與妻子一起銷毀成形的幽冥走道，差不多時間來援的時間種族和精靈族則是修復外層遭破壞的世界壁。

椿椿件件的，雖然看上去很危險、處理起來很繁雜，不過在他們眼裡並不算太難，是在確認可順利收拾的範圍當中。

理應如此。

虛空中卻闖出被人類養育成災的邪神。

由數千萬份貪婪和慾望組構而成的地面邪神潛伏在亂流裡，趁著眾人騰不出手之際，搶奪陰影碎片，直接吞食。

一瞬間，虛空爆發無數抹滅不去的恐怖貪嗔癡，龐大暗黑能量形成無聲息的呼喚，對象是所有邪惡存在、毫無限制，罪惡摯愛的巨大肥肉往四面八方散發香氣，完全來不及阻攔。

消化不了如野火燎原的瘋狂惡念，精神倍受衝擊戕害的精靈族終於在受不了、開始有人殞落時被遣退到後方。

差一點就可驅逐回獄界的鬼族與惡鬼王吸收了爆發的邪惡，強度倏地翻倍，伏水部族許多人遭到重創；另一邊的雙頭蛇與妖魔眷屬也沒有好對付到哪，一個個都在惡念能量洗禮下快速增強。

戰事瞬間擴大，災禍爆發，被吸引來的異界寄生蟲眨眼爬滿世界壁。

更糟的是，他們感覺到異靈的氣息。

如同米契爾所說，那天的戰場非常慘烈。

搶奪碎片的異靈並非孤身前來，而是整整來了三名。

許多族人在虛空戰場自我引爆，不是與妖魔惡鬼同歸於盡，就是拖著不斷襲來的外星寄生物下地獄，眾多生命之火如同流星雨般從天上下墜，消失在世界的一角。

水族帝王擊殺了赤煉惡鬼王、剿滅了邪神，銷毀無數妖魔與鬼族，最終與妻子聯手分解了一名異靈後，力竭葬身於虛空戰場。

精靈族與時族消滅了另一名異靈，其中許多年輕精靈族不幸身亡。

慕爾芬拚著最後一口氣，終於斬殺掉不死的雙頭蛇，與大妖魔的屍體一起殞落。

他們在瀕死之際，把存活下來、僅剩的族人推出虛空戰場，時族帶著重傷切割戰場並封閉後，同樣埋葬於該處。

然而沒有防住最後那名殘留的異靈。

狡詐的異靈在邪神被攪碎的瞬間奪走陰影碎片，竄進時間之流逃離。

為了不讓其他人遭遇危險，以及世界壁被重度破壞之故，身在至高聖殿的神女希納斯收到消息時，虛空戰場早已開啓了層層隔離術法，不可進入。

她所能見的，只有最終滿布鮮血和屍骸的結局。

至高聖殿的神女必須在此刻穩定整個水族、保護世界脈絡，帶來水之神與眾守護神的神諭與關懷，盡快選出新一任大帝。

然而災難三兄妹的妹妹還是叛逆了。

神女做完所有該做的事，把神諭和大帝候選人一事交給大神官，轉頭除去神女袍，提起兵器，揮手帶領聖殿軍團追殺逃走的異靈。

她想奪回陰影碎片，爲死去的親人、族人做完最後一件事。

數日後，重傷存活下來的契希爾終於在汪洋裡恢復意識。

但這時至高聖殿的神女早已失去下落。

被臨時推上位的新任水族年輕帝王不得不硬著頭皮邊做邊學，同時與各大種族聯繫，派出一支支隊伍搜尋神女與陰影碎片的行蹤。

等到契希爾可以移動身體時，水族帝王很遺憾地告訴他完全找不到神女蹤影，但尋得幾具護衛兵的屍體，他們似乎與異靈交手了幾次，屍體上滿溢邪惡臭氣，水族搜查者們不得不就地處置這些遺體，無法帶回故鄉。

然後他們繼續尋找，日復一日、年復一年。

契希爾也忘記自己在自由世界流浪多久。

直到有一天，他與幾名族人在混亂場域裡誤入了盡頭之海，通過這個地方遇到了墟海魔族。遠古異界魔神入侵時，妖靈界也被魔神破壞，彼時水族曾救援過墟海魔族……應該說那時候水族不分黑白敵我援助了各界水之種族，其中包含了水系魔族。

因此，墟海魔族對水族非常友善，他們提供了搜查者們一條線索——墟海魔族們曾在混亂場域看過異靈撕開裂縫，那道裂縫裡充滿了鬼族和妖魔的毒素與死亡之氣，異靈進入沒多久，約莫隔了半天左右，有一名水族女性不顧墟海魔族出聲阻攔，通過了同一道裂縫。

輾輾轉轉，他們遍尋不到的人竟然重回被封閉的虛空戰場。

契希爾不顧眾人阻止，硬是闖進虛空戰場，這才發現虛空戰場內竟然大變模樣。

他與隨後進入的水族帝王根據現場種種跡象，得出讓人毛骨悚然的後續經過——該名異靈手上持有魔神殘骸，很可能是最爲主要的生命核或者意識體，極糟糕的狀況下就是都有。

奪取陰影碎片是打算復甦魔神。

希納斯和聖殿軍團與異靈打了一路，死傷無數，最後剩下希納斯仍堅持著，追蹤異靈進到了虛空戰場，也因此發現了異靈的眞正目的，除了奪取陰影碎片外，還打算攏聚戰場上的屍骸，不管是妖魔或水族、或者還未消散的精靈族等等……

異靈想用這些「材料」重新製作魔神的身體，讓魔神可以完全融入此世界，不再被世界意識排除，規避掉無數世界限制，肆意屠滅所有生靈。

契希爾和水族帝王所見的就是所有屍體被集中、製作成一座大型祭壇的模樣。

孤身一人的希納斯不知道是如何做到的，但從現場殘留的痕跡來看，她確實制止了異靈的野心，祭壇沒有被啓用，並且遭嚴重破壞。

異靈不知所蹤。

希納斯孤獨地開啓所有能開啓的神術、祕術，以及禁術，在沒有人知道的地方，看不見光、聽不見水的聲音，活活地獻祭自己，硬生生把己身煉祭成一道巨大封印，死死封鎖住差點被異靈復甦的魔神。

水族帝王與契希爾檢查過，雖然生祭的軀體活性仍在，但魂靈消逝，連心臟都去向不明，他們束手無策。

至高聖殿的神女被斷定逝去。

時至今日，至高聖殿早已數次更換水之神女。

所謂的災難三兄妹、莫圖蘭神女……

都是過去的故事了。

※

「關於米納斯閣下的過往，便是如此。」

哈維恩合上記錄的最後一頁，小心地蓋回書封。

空氣一度很沉重。

我雖然有想過上面那位長子可能已遭不測，但沒想到實際情形更加悲慘，難以想像那天死去的人在想什麼，而活下來的人又在想什麼，當時看見親人朋友屍體被作爲祭壇時，他們又在想什麼。

換成是我，恐怕眞的要一蹶不振了。

「你們在……嗯，米納斯藉由幻武石甦醒，當下祭壇便有動靜。」米契爾平靜地說道：

「那瞬間我便意識到，米納斯還在，只是忘記如何回來……給她時間，我們可以等待，時間到了，她自然會回來。」

不知該不該說是命運，米納斯的記憶雖然沒有恢復，但我們還是因緣際會闖進了這裡，又因爲水精之石一事有了交集，米契爾提前見到米納斯流落在外的魂靈。

他知道，時間將近，故人將回。

「對了，心臟我們也找到了。」我連忙把先找到心臟的事情告知對方。

「這樣可以去拿身體了嗎？」西瑞雖然有點煩各種查資料的動作，不過事關米納斯，他竟然發揮了超常三百的耐心，沒有到處蹦跳，很老實地配合各種工作。

一大群人裡，可能就西穆德對這件事比較無感，畢竟他和米納斯交集不深，然而還是在翻譯上貢獻很大的幫助。

「不急。」米契爾微微彎起眼睛，姿態輕鬆地靠著椅子。「進封閉戰場，再一日半。」

一天半？

我有點疑惑，爲什麼可以知道這麼準確的時間點？

米契爾似乎沒打算費力氣解釋，懶洋洋地站起身，「你們看起來也很累了，先休息吧，自便，任何東西都可以使用。」

說完，這位前伏水代族長拉著米納斯的手腕，悠悠哉哉地晃回通向二樓的階梯。

他們兄妹應該有很多話想說。

瞥了眼好像想跟上去的魔龍，我直接把這傢伙收回聊天室，這種時候就不要去偷聽人家兄妹講話了！

「廚房有好多好吃的東西！」這段時間來來回回泡茶的小亭已經把人家廚房都摸過一輪，嘴角可疑地沾著某種醬汁，看來很可能啃掉了大量食材。

不過米契爾確實沒說錯，我們是很累了，畢竟一路到處亂跑，滿滿的精神緊繃外加各種打鬥，還有……

我看了眼正在皺眉盯著我的哈維恩。

要找個地方給他檢查了，不然我懷疑夜妖精繼續這樣憋下去，會在沉默中變態。

終於可以離開圖書室，西瑞第一個衝出去，眨眼不見蹤影……應該不會拆房子吧！沒聽到爆破的聲音，希望能夠持續樂觀。

「先休息。」學長拍了下我的肩膀。

「啊？什麼？這句話不是應該我對你說的嗎？」我瞇眼看向據說還要定期回診的半精靈，他到底用什麼心態在勸別人休息？明明自己在那裡活蹦亂跳地礙眼？

「……」學長無言地走開了。

米契爾雖說任何東西都可以使用，但我們還是找了客房，盡量不跑去主人的生活區亂竄。

夏碎學長找到一間最大的客房，裡面有三間獨立臥室和小客廳，大家可以兩兩分成一室，大致上依舊都住在一起，然後煮了些熱騰騰的食物，一群人在一起好好吃了一頓。

西瑞本來想和我住同一間，但我感覺可能會沒辦法休息，再加上夜妖精哀怨的眼神，最後還是把西穆德丟給西瑞一起了。

米納斯這個晚上大概不會回來。

我把持續碎碎唸的魔龍先斷訊，回頭就看見哈維恩把房門關上，幽幽的目光盯著我，如同六月飛雪下等著抓交替的冤魂，一生一世蹲一人。

「好好說話。」擋住二話不說就要動手的夜妖精，我立即往後退一步。

「身體機能被破壞是怎麼回事？」哈維恩確實好好說話了，完全沒有裝飾句，直逼中心。

「呃……」

我試圖把事情講得比較不嚴重，簡化掉很多不必要的部分，總之東揀揀西揀揀，最後告訴夜妖精：「快速提升體質，不小心超過了一點點。」

「呵。」

喔，冷笑了。

感覺很不妙。

這隻夜妖精根本沒打算採信我的任何說辭啊！

「我自己檢查吧，冒犯了。」哈維恩冷漠地看著我，抬起爪子。

你不要過來啊！

※

哈維恩把手放進水盆裡清理。

差點被夜妖精捏死的我一臉苦相，很想靠杯兩句但又不敢，只好默默喝掉剛煮出來的這碗超濃、味道聞了像是要下地獄的藥茶。

總覺得對方是故意的，他有時候煮的藥喝起來像果汁或正常的湯湯水水，有時候難喝到很像陰間來復仇的毒液，絕對是取決於當時配藥和製作的心情。

現在把夜妖精惹毛，得到的就是一碗因果報應。

許願明天可以正常。

「幸好發現得較早。」哈維恩按了按額頭，隱約有點青筋，他壓抑怒氣，很平淡地說：「我很希望有任何問題，你至少都可以先和我商量。」

那不就是前陣子厭世嗎。

厭世的人最煩開口了，更別提商量。

手環裡的藍色珠子微微閃爍，似乎也不太贊同我幾乎自殘的做法。

經由自學醫生哈維恩的精密診斷，我的身體確實出了不小的狀況，最大的原因就是黑色力量過度、高頻率沖刷造成。雖然這個做法提供了容納高強力量的身體給我，但……

「是短暫性質。」哈維恩皺眉說道：「其實應該會有配套的藥療支撐前期這段改造，否則身體極容易快速崩潰。」

言下之意我已經夠好運了，沒在一開始把自己身體崩了。

「傳承記憶裡面沒有藥療。」我搜索一下腦子裡那些東西，確實沒有相應的藥輔方式。但也有可能是留下傳承的人本身就身強體壯，認爲不用輔助也不會有啥亂七八糟的傷害，他就沒想到後世族人體虛，容易隨便刷一下就得準備後事。

哈維恩無言地嘆氣，他大概感覺生活不易。

「我會再想想辦法……」夜妖精搖頭，聲音帶著滄桑。「你暫時先停止……不，也不行，按照你給的方法，一旦停下更容易崩潰，必須減緩。」

「哈維恩。」我喊住陷入苦惱的夜妖精，相當愧疚地開口：「真的很抱歉。」

哈維恩頓了頓，有些意外，於是他很快收掉糾結的表情，恢復原本不苟言笑的沉穩模樣。「不，這是我的疏忽，既然決定效忠於你，自然該預料到會有如此狀況。」

「……可是我……」其實就是我自己找死搞出來的，不能怪他。

夜妖精伸手制止我繼續自責。

「你不須要感到抱歉，追求變強這件事情，所有人都相同。」似乎看出我的焦躁，哈維恩說道：「例如冰炎殿下，也很令人頭疼，不是嗎。」

……你拿誰舉例不好拿學長，那傢伙根本是個超大型的不良示範，但凡要教小孩都要繞開他那種。

不過我可以理解哈維恩想表達的意思，所以還是把更多對不起他的話語吞回肚子，很顯然他並不需要也不想要我這樣和他說話。

就像他先前所說，這些都是他的選擇。

他會支持我的一切想法與行動。

「你結婚時我會包一個特大包的紅包給你。」我只能改變補償的方向。

「不用！謝謝！」夜妖精突然咬牙切齒，語氣變得超級凶。

……？

特大紅包有啥好生氣的？不覺得很實際嗎？

爲了避免他毆打我，我連忙改變關心方向：「是說你確定沒事吧？」還是很在意在古地圖碎片前，他遭到的傷害。

「嗯，只是皮肉傷。」哈維恩點點頭，抬手拉開袖子，讓我看他恢復到絲毫無損的皮膚。

「適時休息，不會有後遺症。」

「好，如果哪裡有問題再告訴我。」雖然治療是沒辦法幫他全面治療，不過我可以找點關係，幫忙弄罕見藥物什麼的，盡點心力。

關懷身心健康的話語明顯對夜妖精比較受用，他身周散發的氛圍輕鬆愉快很多，似乎心情轉變得相當不錯。

所以爲什麼講到紅包就生氣？

難道人類的紅包在夜妖精種族裡其實類似白包嗎？

那就靠杯了！

有空應該私下找西穆德打聽一下，搞不好其實一直以來應該包給哈維恩的是白包或藍綠紫包，然而我白目老是觸人禁忌，所以對方才會一聽到紅包就想打我。

等等，不對啊，過年時他拿紅包還是滿愉悅的……？到底？

看著在那邊收拾藥材、時而陷入沉思的夜妖精，我得再次承認，我果然不懂夜妖精的心，到底要給他什麼他才會眞正開心呢？

眞難猜。

「你該休息了。」難猜的夜妖精猛地轉過頭，害我差點被口水嗆到。

「喔、喔好，你也早點休息。」我把殘留地獄之水的藥碗還給對方。

雖說米契爾的大房子沒有侍奉者，但顯然有按時整理，房內兩大床都有著鬆軟舒適的被鋪軟枕，梳洗過後躺上去，各式各樣的緊繃壓力彷彿退駕般卸去很多。

我眨眨眼睛，開始昏昏欲睡。

啊……差點忘記要解掉魔龍的禁閉……

第八話　深入廢棄戰場

當晚米納斯果然沒有回聊天室。

一直到我昏睡前都只有魔龍在那邊老人般的各種碎碎唸。

翌日一早，我全身痠痛地從軟綿綿的床鋪上爬起，有點恍神。

總覺得好像有一段時間沒有這樣好好睡在床上，可惜因爲是陌生地方，半夜還是突然驚醒好幾次。這個是從古戰場回來的後遺症了，戰場上根本沒法好好睡，時不時要擔心被襲擊，所以睡一睡突然跳起來很正常，更別說後來連串接踵而至的打擊DEBUFF，根本一閉眼就是各種無盡噩夢。

有時候想想，會覺得我的神經其實滿強韌的，這樣都沒有神經病，只有精神病。

用力抓抓腦袋，我看旁邊哈維恩早醒了，床鋪收拾得整整齊齊，人不知跑哪裡去，房裡空蕩蕩的剩我一個，不過桌上有好大一碗藥……願望破碎，仍舊爆炸難喝。

我深沉地覺得這裡面依然含有濃濃的報復心，而且會持續一段時間，眞夠悲傷。

灌掉一大早就可以把人再度殺死回去的藥湯，我全身雞皮疙瘩都被難喝到站起來，但還是必須勇敢喝完，不然我就眞的會涼，被物理手動地涼。

總感覺昨晚哈維恩沒有徹底爆發，十之八九是看在我的身體和精神狀況，如果是以前那個好好的我，大概已經跪在攤開的榴槤皮上了。

希望未來某一天他不要突然想起來秋後算帳。

離開客房沒走幾步，就看見被我內心叨唸的哈維恩站在走廊盡頭的陽台外，抬起的手指上停著微微張開華麗紋路翅膀的小黑蝶，清晨的陽光灑落在他們身上，形成有些微光的輪廓，畫面構圖有點溫馨。

……是說應該不是我錯覺，小蝴蝶的花紋越來越多采多姿了。

不用開口，我都可以猜到哈維恩正在詢問殊那律恩我這種身體狀況要怎麼處理——除了毒死我重新投胎以外。

推開陽台門，我一頭撞上隔離結界，哐地一下才發現他竟然謹慎到布了雙重結界，連我都防！

「……」哈維恩大概沒想到我會大清早無聲無息撞他的結界壁，連忙對我打開陣法。

「早安。」小黑蝶在夜妖精指節上轉動半圈，擺正姿勢面向我。

「早安，您吃了嗎。」話剛說完，我沉默兩秒，果然是心態放鬆之後幹話就上來了。

「吃了。」意外地，小黑蝶居然給了肯定答案，而且還報出種類：「蘿蔔糕加蛋，冰奶茶。」

……？

爲什麼是蘿蔔糕加蛋？

聽起來很不像是深會做的東西啊？

這個熟悉的銅板組合是怎麼回事？

這時候的我還沒有意識到，可能是有「會做的人」帶著早餐去找他。

「在水族的地界裡面，會有影響嗎？」我想起這裡好像是獨立的水族領域，不是平常的守世界地區，不曉得這樣聯絡會不會有問題。

「你們在界與界的交會處，謹慎些不會引起水族注意。」小黑蝶給了一個類似鑽ＢＵＧ的答覆。

「我向他詢問更有效的配藥。」哈維恩觀察了我喝完藥的反應，確認我沒死也沒癱後就告訴小黑蝶早晨和昨晚用了哪些東西。

小黑蝶沒有對我的自殘行爲發表任何意見，而是給哈維恩幾個針對黑色種族使用的不同藥方，在這方面他摸索了上千年，還眞的是專家中的專家，勤勞記下所有眉角的夜妖精看起來很可能有想拜鬼王爲師的趨勢。

大致講解完後，話語一轉聊了起來：「米納斯的狀態如何？」

「目前都沒什麼問題。」雖然米納斯沒有回來，不過我可以從締結的契約觀察她的狀態，一切都安好。

「我稍晚會與你們一起。」多半也是擔心米納斯身體回歸的事，小黑蝶提了我不太意外的同行要求。

「好。」我在聊天室裡給米納斯留個言，她應該不會反對。

又聊了幾句閒話，小黑蝶就爬進哈維恩的衣領裡，變成布料上的印花圖案，暫時中斷訊號。

哈維恩撫撫領子上的小花紋，突然對我開口：「我並未告訴他關於米納斯小姐的事。」

「……咦？」我還以爲是哈維恩告訴小黑蝶我們找到米納斯的身體，原來不是嗎？那麼爲什麼對方會知道？

「天未亮時，他突然聯繫我，表明會與我們一起進入禁地。」哈維恩也不清楚爲什麼遠在獄界的鬼王會知道我們這邊的狀況，爲此他還放出幾個搜索術法，事實證明，殊那律恩並沒有在監視我們的一舉一動。

那只能說——有人告訴他。

誰呢？

我並不覺得此行裡的其他人會主動向獄界通知這件事，即使學長也不會。

當時我們連流越都沒有開口，大祭司是透過預先設下的術法被觸動才知曉，按照流越的爲人，就算是囑咐某人轉交物資，必定也不會刻意向誰提起關於米納斯的事。

……米契爾認識殊那律恩？

應該不會吧？

如果他們有熟到第一時間互通彼此，應該早在米納斯出現時，鬼王就知道她的身分，不會拖延至今，更別說小黑蝶找上的是哈維恩，不是米契爾，還遮掩了行蹤，不欲讓水族知道。

晚點問問學長好了。

⁂

撤去結界，我們兩個一起回到樓下大廳。

清早出房間小客廳時我就注意到其他房裡都沒人了，一下樓果然看見全在大廳，除了不知道藏到哪裡的西穆德。

西瑞和小亭正在大吃大喝，學長則是和夏碎學長看著手邊從圖書室裡拿出來的資料，他們兩人旁的桌子還堆著高高一疊，不知道是不是昨晚直接看通宵，反正就是一個很勞碌又腎虧短命的畫面。

我看看一邊是瘋狂暴食桌，決定還是走去學長那邊，路過西瑞時順手端走一盤看似圓麵包的食物充當早餐。

滿滿堆積的書本果然都是水族某些隱藏的歷史或者珍貴術法等，這幾個人還眞的是到哪裡都不忘學習，現在又多了一個哈維恩湊過去。

「你怎麼不過去？」魔龍就是很看不慣我這種游離外圍的鹹魚漂浮行爲。

「等著高人總結，拾人牙慧。」一堆我看不懂的字我湊過去吃大便嗎？當然是等翻譯，畢竟現在從零開始學習水族古代文字根本來不及救火。

「……小廢物。」

你閒你翻譯啊？

魔龍不吱聲了。

米納斯和她哥就是在這種書香食物香夾擊之中重返大廳。

可能沒想到他們可以吃超多又超久，米契爾略微一頓，不知道有沒有思考他的儲藏室剩多少食物，最終只說了句：「能吃眞好。」

「啊？」西瑞一臉問號。「大爺有繳伙食費，全包了。」

「好多好多的金條喔！」小亭用雙手比了一個大大的圓圈。

突然有點想去看儲藏室。

欸不是爲什麼你要隨身攜帶好多的金條？到底是有什麼誤會？金條不是守世界的流通貨幣吧？

「？」米契爾還沒被無情的現實攻擊過，聽不太懂金條的明示。「不須要給，我們並不常食用生物，食物用來招待客人居多。」

水族這麼好養的嗎？三餐喝水？

我看向米納斯，溫柔的女性對我微微點頭。

「純水種族能量的獲取方式主要來自液體或靈氣，吃食多半是嘗味道。」米納斯在聊天室補充，同時也回覆一下我提了小黑蝶同行的事情。

所以平常喝能量水的嗎。

經過一晚的交談，米納斯神情輕鬆不少，仔細一看，她的模樣持續緩緩變動，隱約有股不容侵犯的聖潔氣勢正在逐漸成形，大概是曾經的希納斯神女身分浮上水面，記憶回籠後那些被遺忘的外表也跟著明顯起來。

畢竟是在哥哥家裡，我就沒有特地再把米納斯收回，連魔龍都跟著跑出來，外放在建築物範圍遊走。

接下來大夥兒就開始針對夜間要前往封閉戰場一事進行規劃。

「米納斯說你們三人可以用黑色種族的方式在毒素區漫遊。」攤開戰場大地圖，米契爾分別看了我與哈維恩。

漫遊？

米納斯在聊天室提了句，我才知道她是指前幾天去禁地時，我和哈維恩、西穆德用的那個三人術法。

其實那個是被我拿來當場地清潔的術法，大致就是移動術即將到達時，提前一點先把場地上一些亂七八糟的東西掃除，古戰場上妖師們也很常使用類似手法，不過他們主用途是清理過濃的邪惡毒素。前陣子我隨口和哈維恩提了句在古戰場時學過類似這樣的簡單版本，夜妖精很快就細化陣法架構出來實戰了。

但最根本的原因還是我們三個不怕大部分黑暗的影響，除了扭曲毒素。因此提前布置、讓大家更安全抵達目的地這種設想很容易實行。

米契爾提前告知過米納斯相關問題，由米納斯直接轉述。

當年封閉戰場不但死了眾多白色種族，還有更多、數倍以上的邪惡種族，包括無以計數的妖魔、鬼族、邪神等等等。

有些屍體連灰都不剩，有些屍體則是在祭壇破壞後依舊堆積原處，而大量死亡造成的影響就是濃厚的死亡氣息、詛咒與毒素包覆整個空間，形成了難以想像的超重度污染。就像前一天米契爾所說，可能會令人瞬間扭曲的各式毒害無所不在。

這些年，米契爾也就在水族帝王幫助下進去過三次，分別是尋找米納斯、前兩年米納斯甦醒時確認身軀，還有帶出莫圖蘭大帝與妻子的屍骸。

寸步難行最大的原因是裡面對白色種族「太髒了」。

我可以理解這個說法，就像羽族封閉起來的戰場，無論哪一個，裡面都堆滿了各種妖魔鬼怪，不是無法處理，是要處理必須耗費極長的時間和大量的人力、物力。

因此水族雖然想把裡面的屍體弄出來，但全部遺骸都受到嚴重污染的狀況下，沒法保證取出後可以立即施行徹底淨化，萬一在外面瞬間扭曲就得不償失，只得繼續擺放著。

話說回來，對白色種族來說的「太髒」，對黑色種族反而是「還好」。

在關卡禁地我們都可以暫且清理落腳地，那麼封印戰場也可以依樣畫葫蘆，先把我們塞進去設個安全點，其他人再進，確保萬無一失。

我想想，點頭。「可以。」這個不難。

可惜我學藝不精，沒辦法拔掉附著在屍體上的那些毒素和詛咒，這只能以後洽詢其他黑色種族或獄界看有沒有這種業務了。

※

時間很快來到夜間。

等待出發之際，米契爾的住所來了一名高大的水族男性，目測兩百多公分，高大壯碩得像座山，身姿挺拔傲然，渾身散發凌厲肅穆的氣勢，充滿爆發力的肌肉與金色的微鬈長髮都很引人注目。相較之下，男子的五官意外地偏向精緻華麗，經由介紹，赫然就是如今的水族帝王。

瑣事多到哭的帝王收到米契爾要帶一行陌生人進封閉戰場的消息，拋下所有工作立刻衝過來，二話不說，表示可以同行護航，也是相當有義氣了，畢竟都這地位的存在了，根本可以派支菁英隊伍過來就好。

這位帝王與曾經的米納斯也認識，根據兩兄妹表示，是另一支水族大家族的家主，家族名稱「締多羅」，依照學長提供，這是僅次於莫圖蘭的家族，同樣也很強盛，出過不少強者。

當時前任大帝無預警殞落，惡戰後續與各方面的攤子都很急迫，三名被神選出來的候選人最後不得不用抽籤方式決定繼承者，畢竟水族其他人覺得誰都可以，最後在三個人都想摺攤子擺爛的狀況下，現任帝王是最倒楣手臭抽到寶座那個。

更沒想到的是，這帝位一坐就是上千年，穩固到他本人曾深深思考是不是有人刻意維持和平在搞他。

帝王沒死正值壯年，周邊的人也不給他退位，每個候選人都在裝死裝瞎裝爛，天天在哭辦不到，硬生生讓他在工作崗位燃燒千年。

有責任心的永遠死第一個，亙古不變定律。

更讓人精神崩潰的是水族廣大領地的居民幾乎都是混合種族，大大小小屁事爆炸多，天天大魚吃小魚都會吃出十幾件上訴命案；不時還要響應種族聯盟一起舉兵打仗，然後還有個手握生命之石祕密的伏水部族動不動就在被追殺，每個季度都可以看見心懷叵測的人用各種姿態混進水族裡發動攻擊。

不說就算了，一說起來，意外地完全沒有架子的水族帝王滿臉滄桑，與他高大威武的體型呈現巨大反差。

正常的水族還眞的坐不了這個位子。

不正常的水族不是逃了就是爆肝了。

……聽起來就好慘。

「所以伏水部族並沒有被滅族對嗎？」聽他們深受其害，我突然想到這點。

「其實是滅族了。」社畜水帝如此說：「但契希爾當初卸任離開伏水時，有一些人追隨他來到水族，其中不乏菁英、智者與祭司等等。」

懂了，這些人後來成爲全村遺留的希望。

因爲伏水部族牽扯了很多事，即使有遺族，水族對外還是宣稱伏水滅亡，但檯面下知情的人仍舊知情，算是變成了一個薛丁格的伏水部族，佛系上場，有事伏水族、沒事我水族。

米契爾笑笑地坐在一邊看水帝瘋狂抱怨生活有多困難。

一到約定時間點，所有閒聊的聲音瞬間停止。

學長幾人起身，借來的書籍等物老早都歸位，小黑蝶從哈維恩領口爬出來，張著又換了一款花紋的翅膀，喬了一個舒適的觀影位置。

「嗯……」

走至門口時，米契爾突然回頭，深深地望著空無一人的住所。

「有東西沒帶到嗎？」水帝跟著停下腳步，另一側的米納斯也垂眸看向兄長。

「沒有。」搖搖頭，米契爾依舊是很淡然的神情。「走吧。」

「這次比較趕，下次再幫你種新品種的花。」水帝跟上友人的腳步，很隨口地說了兩句。

「嗯。」

就像來時一樣，建築物外的大門敞開走道，筆直穿入其他區域，形成一條穩固的臨時空間走廊。

這霸道的空間術法真讓人印象深刻。

我偷偷辨識了一會兒相應張開的圖紋，感覺很可能有時間種族的手筆，上面有些鑲嵌的時空符文眼熟眼熟的。

不知道又從哪個角落跑出來的奇美拉仍然是小型狗的大小，邁著小短腿跑在米契爾腳邊，馬上被水帝毫不留情踢開，滿滿嫌棄。

我和哈維恩、西穆德站到最前面，等待術法陣將到達的瞬間。

一股比關卡禁地還要更腐朽的死亡氣味迎面而來。

雖說有心理準備，但這刹那我的心底還是湧出難以言喻的暴戾情緒，濃烈的死亡勾動黑色種族天生的破壞慾，一個不小心很容易就會臣服於渴望、失去理智而開始狂暴。

西穆德揮刀劈開直衝而來的血腥，我們順勢張開了三人合作的黑色術法，揭開保護壁，直接翻身跳出空間走廊。

預先覆蓋了層層黑色力量在周身，不時有黑色微光被點亮，一閃一爍沒有間斷，全都是足夠致命的詛咒或者毒素。

落地同時，我們往四周撒出黑色水晶，加強版的術法陣霎時爆出十多個，繁複的陣法圖扣進被污染的深黑色土地，以我爲中心的恐怖力量向外蔓延，逼退盤據在空間裡的各種威脅。

小黑蝶也沒單純看戲，而是彈出好幾個大大小小的輔助術，幫我們用最快速度穩定住黑色大陣，接著是流越的陣地結界就地建立，人多挑了一個很大的保護結界，外圍還圈上幾層小黑蝶友情提供的隔離術法，確保絕不會有一星半點的污染元素侵入陣地結界內。

一邊布著陣法，我猛然意識到時間不多了。

如果一切順利，大概是今天或明天過後，米納斯將會永遠脫離我，重新成爲一個獨立的個體；同時，早已累積好復活所需的希克斯也會一併離去，今後聊天室不會再有其他聲音。

魔龍還好，但米納斯從一開始就陪著我，無論是耍白痴或是傷心難過時，她都在。

突如其來的清晰分離感讓我有瞬間迷茫。

但，他們還是必須離開，我必須笑著送他們回去，然後再重新認識，這是打從一開始就決定好的事情。

只要是在同一片星空下，我們終將還是會再聚，只是換了個形式而已。

……

……

啊，魔龍可能就直接掰了。

這傢伙回歸本體後大概不會踏上自由世界，除非想被白色種族圍攻。

「本尊下次再來要毀滅這個臭世界。」魔龍呸了聲。

滾蛋。

安全點徹底設置完畢的同時，傳送陣大亮，其他人從裡面走出來。

現在我才有空打量所在位置。

米契爾與水帝先前進來時設置過幾個座標點，然而時間久遠加上環境因素的各種破壞，留下可用的不到五個，我們目前的安全點是其一，但位置離祭壇較遠，必須再移動一段路。

水帝在陣地結界內設置了幾個整備用法陣圈，除了醫療陣與原先就有的各式輔助圈，竟然還有好幾個追加增益的BUFF圈，從第一個滾到最後一個，可獲得暫時性的身強體壯與防彈外殼，至少有一小段時間不用擔心被高濃度毒素和詛咒入侵。

但破光了，想要一整套還是得跑回來補。

盯著逐漸消失的傳送走道，我實在很好奇為什麼米契爾每次都是在房子旁開空間走道，我們當初好像也是因為這樣誤入私人住宅。

「他應該認識時族或者其他時間種族，屋子內外布置了很精密的時空術法，數量不少，可以按照他心意穿行空間……類似你們先前偷跑去重柳禁地搭的飛船。」魔龍被我提問後，懶懶地解答。

喔，幽靈飛船那個嗎！

果然我剛剛沒看錯，空間走道有時間種族的手筆。

「在說什麼！那玩意叫飛空巡航，好好記住啊！」

嗯，羽族做的偷渡船。

我環顧四周，入眼第一個感覺就是很黑，整個周圍都很黑，除了天空原本就不透光以外，還有密度過高的毒霧慢慢翻騰造成的黑暗。

剛剛與哈維恩他們下來清地面時刮走一波，現在又捲土重來，毒素沉黑到幾乎可以平空滴下濃墨似地，差不多都毒液化了。

才剛這麼想完，無光的天空竟然降下綿綿細雨。輕飄飄的雨絲呈現深黑色澤，密密麻麻貼在結界壁上，被毒雨觸及到的外圍陣圖符文被動運作，不停來回閃動排除毒害，居然成爲整個黯淡無光的環境裡唯一的光源。

這樣別說裡面那群白色種族，我們這三個黑色種族想長時間遊走都夠嗆，難怪米契爾和水帝也就進來三次，僅勉強帶走父母屍體……那還是早期整個大環境沒這麼糟的事，近期應該就是來觀察米納斯軀體有沒有變化，這時的環境更加惡劣，我猜他們兩個大概也無法逗留很久。

「我們有用特殊法器和祕術。」水帝很自然地拿出他們規避傷害的輔助用品和預先存好的水晶，「最後一次進來可以支撐約兩日左右，現在應該更短。」

我弄出一隻黑色的獵豹，提去滾了圈BUFF，再讓水帝上那些輔助用品和術法，最後學長他們把獵豹放出去，往魔神祭壇的方位衝刺，隨即開始計算防護被破壞的時間。

稍微等候半晌，他們確定了這些守護被削減的速度，若按照米契爾兩人原先設置的，大約剩二十六小時，再加上我們的，粗估可以一天半。

「足夠了。」米契爾點頭。

有當事人這句話，我們立即準備出發。

「我給你個術法，你在外面打開。」

正要和哈維恩兩人打頭陣開路時，我的聊天室突然多出第三道聲音，愣了半秒，猛地轉頭看向夜妖精肩上的小黑蝶。

「小鬼王？」魔龍也有點疑惑，大概沒想到他和米納斯的專用頻道被人插了一腳。

小黑蝶沒反應，但我打開的手掌上多了一枚黑水晶，裡面承載著一個術法陣……召喚陣？

依言把黑水晶拋到陣地結界外面，鋪滿毒素的黑色地面很快張開同樣黑暗的術法圖，上面傳來空間波紋，數秒之後，某種詭異的力量感從中浮現……有點熟悉。

黑色的電氣鼠從召喚陣裡爬出來時，我腦袋只有一句——

妳會被寶●夢告喔！

小黑蝶傳送過來的……嗯，換了個外形。

「本來的人樣呢？」我看著爬到哈維恩背上的黑色貓頭鷹，認眞思考了一下幾個月前還是高冷模樣的陰影小蘿莉，發生了什麼事才會變成這種高冷喜感樣。

「她被伊麗莎洗腦看了很多動畫，已經不用人形有一段時間了。」小黑蝶給了個不知道讓人該說什麼好的理由。

所以始作俑者呢？

等等，所以這個小蘿莉已經和大的意識徹底分離乾淨了嗎？

我還眞無法想像深內心某一處沉迷動畫變成某種動物的樣子啊！

米契爾和水帝的目光放到不速之客身上。

「這位是小淺。」我簡單介紹，小黑蝶把小淺送到這裡，我大概知道他的意思。他認爲不需要在背景環境浪費時間，對我們來說詛咒和毒素濃厚到寸步難行的環境，對陰影與鬼族來講可未必，說不定還是大補。

貓頭鷹嗚叫了聲。

……這是沉迷扮演到連話都不講了嗎？

不浪費時間，我很快把貓頭鷹放飛出去，小淺鏘歸鏘，翅膀一張，毫無畏懼地直接切破黑暗飛出去，所經之處的各種威脅被同時捲走，快速劃出一條相對乾淨不少的通路。

「走！」

西穆德先行，他在前面正好收走小淺刻意留下來的一些死亡氣息與沉積的血色戾氣，邊跑邊收儲備糧食，一舉兩得。

接著是我，搭乘黑獅子狂奔的同時，幾架小飛碟在周邊飛舞，將我釋出的深黑力量最大化，形成薄薄的壁面隔開附近重新聚攏的毒素。

落後一步的哈維恩沿路甩下各種抑制水晶，後頭才是其他白色種族跟著我們向前。

用小淺和小黑蝶開掛後，推進速度很快，根本無痛通行，我甚至可以抽空環顧周遭有限的景物，部分被小淺散掉擴開的兩側，露出廢棄戰場眞實的模樣。

當年戰場就在世界壁外圍，後來被時族強制切割封入虛空裡，所以其實並沒有什麼值得一看的遺跡或風景，如果眞的看見了什麼，多半都是千餘年來沒有被完全消解的各種殘軀、遺體，或者是骨骼骨架。

鬼族基本不會留下屍體，除了白色種族們，就屬各種大大小小的妖魔屍體最多，接著是邪神帶來的手下。

從以前經歷過各個戰場的經驗，包括孤島等各封閉場域這些地方，我們可以知道這些妖魔即使死透，屍體還是會再分解或各種變化後，再度形成小妖魔到處亂爬，然後小妖魔長大轉爲成熟妖魔繼續佔領空間，形成封閉圈內的勢力進行鬥蠱。

然而在這個虛空戰場內並沒有，甚至我們走了很長一段路，連個會喘氣的東西都沒見到。

主要是這裡死太多超高級的東西。例如大妖魔、例如邪神、例如惡鬼王，例如兩隻異靈，還有個被他下屬塞進來、結果遭到封印痛擊的魔神殘塊。

這些東西各自會散發毒素和詛咒，還有掛掉後沒有散盡的力量能量威壓等奇奇怪怪的物質，最麻煩的是他們雖然都是邪惡存在，但調性不同，溢散的能量居然還衝突了，接著你攪我我尬你，不管那堆大大小小的屍骸新生了什麼鬼，都在這些過強力量的互衝下直接蒸發，肉體等部分化成帶毒泥沼。

日復一日，亡復一亡，累積的死亡玩意越來越多，毒素和詛咒就繼續堆積疊高，於是形成現在看見的這種空無一物、鬼城般的模樣。

喔不對，還是有兩物，被下屬坑害的衰小魔神，以及米納斯的身體一枚。

我看了眼被黑獅子踩過的爛泥，虛空是沒有泥的，所以這些多半都是……咳……還好不是我踩到。

虛空戰場雖說沒什麼建築物或景點，但因爲是經歷過大規模廝殺洗禮的戰場，所以裡面充滿各種破碎或變形的空間裂縫、時空亂流、詭異的時間殘片，一個不小心被捲入，大概會瞬間被丟去幾百公里遠，或者消失在蟲洞。

隨處可見的大變形通道越接近「祭壇」越是混亂成麻，有時走一步要退三步或是拐兩步，本來飛得很暢快的小淺速度逐漸減慢，到後來變成較熟悉這裡狀況的水帝與米契爾在前方開路。

這也是我第一次親眼目睹水系王族的「眞身」。

我當然不會認爲所有種族都是人形，畢竟有個最爲明顯的獸王族，比起人模人樣，獸王族通常更喜歡自己的原形，使用人形主要是因爲方便接觸、進出各大種族。

水族的帝王率先從人形分解成一大團澄澈的水，細碎又亮晶晶的瑩透金色光點分布在水團裡，極具強壯蓬勃的光明力量，隨即這擁有大量微光閃爍的「水」往外擴張數十、百倍，急速重組成更巨大的形體。

最終出現在我們面前的，是泛著金色光芒與霸氣力量感的水之龍。

我按住西瑞蠢蠢欲動的不良爪子。

水帝華麗閃爍的原形和擬態正中西瑞的愛好，希望他不要幹出綁架他族帝王的事情。

「偷一根爪子就好。」西瑞用氣音對我比劃，一臉充滿想要砍亮晶晶水金龍的渴望。

「一根都不行。」這是一根就好的事嗎！

不過說起來，帝王的原形非常神性啊，在天地都是黑暗之處，散著光明的水龍盤旋高空，水組成微透的龐大身軀折射著、穿透著極具神聖感的溫柔光芒……真的不怪西瑞想要爪子，這種豪華高奢、看起來好貴好高級好絕版的龍我也會想要。

人家甚至比雪野一族那些屁的神龍境龍神更有龍神感。

漆黑的貓頭鷹盯著閃亮亮的水龍半晌，唧了聲一屁股坐到充滿聖光的爪子上。

很好，大家都想要爪子。

巨龍同樣覆滿金芒的眼睛低垂，有點慈愛柔和地看著底下一行人，完全沒感覺到爪子岌岌可危。

「上去吧，最後一段路了。」米契爾示範著翻身上龍，我們也紛紛跟上。

金光水龍把所有防護開到最高，大量閃閃發亮的晶瑩水組成一圈又一圈的螺旋，旋繞的圈圈不斷撞開周邊亂竄的空間碎片，在貓頭鷹一口氣掃蕩前方阻礙後，水龍眨眼疾射出大老遠。

遙遠之處，深陷黑暗的「祭壇」已經肉眼可見。

見狀，水龍又是幾次瞬閃，有幾次不免與突如其來的碎片碰撞，有些刮掉好一部分的水，瑩亮的光點四散，又被黑暗覆蓋。

似乎沒感覺到痛，水金龍蠻橫撞開更大一團亂流，終於把所有人都送進「祭壇」所在的位置。

一下龍，我立即回頭。

解除龍形，水帝重新擬回人態，可能是最後這段暴力通關的負面影響，帝王的力量感減弱了些許。

「沒事吧？」夏碎學長等人圍過去，幫忙開了一些輔助治療的術法。

「沒事，別擔心。」水族帝王擺擺手，表示他還很可以。

看他確實活動自如，影響總歸不會太嚴重，我就重新把目光放到黑霧後面的「祭壇」，或者應該說祭壇的入口，真正的祭壇藏在「地底」，被層層屍骨血肉覆蓋。

方才遠遠看過來時只有輪廓，這座簡易祭壇的入口由異靈打造，充當梁柱的幾根粗石柱……或是某種生物的骨骼，這些東西斷的斷、倒的倒，幸好入口覆蓋了一層隔離陣，所以沒受到影響。外面還架著兩個看不出作用的大石台，上頭盛滿眾多屍骨，有些種族特徵很明顯，有些則是融化成了一團，密麻層疊地混在一起，呈現出淒慘又恐怖的景象。但不管是白色種族或是那些魔族、邪神眷屬，經年累月後全都被毒素侵染成深深的黑，致使這些屍體乍看下很難馬上就辨認出原本該有的身分，必須花時間精神慢慢辨識被模糊掉的模樣。

我悄悄詢問魔龍，得到的結論是這些白色種族屍體即使要淨化，都得找最高階的精靈術師、耗費很長一段時間才能勉強清理，現階段這樣滿布毒素地拿出去，接觸到的生物即使不死也會扭曲，基本可歸至高毒素危險物體了。

因此水帝與契希爾沒將屍體轉移出去。

如他們自己所說，他們不是不能轉，而是轉出去後無法馬上處理，快速擴散的毒素會貪婪地侵蝕乾淨的土壤與水、甚至生物，造成第二次嚴重傷害。

「就在下面。」米契爾揮動手，凝結的水流把那些擋路的石柱捲走，敞開由地面向下挖掘的黑暗通道。

倒抽的氣流自地下深處帶出一股腥臭味。

看來應該是生命核沒錯了。

先前吸收另一個魔神生命核的我對這種氣息略有點熟悉。

認真想想，大概是無法再吸第二顆了。

「想死嗎？」魔龍語氣平板，大概覺得我竟然膽敢肖想第二顆生命石。「你會爛成一團肉醬。」

這個魔神生命核保有這麼多的能量嗎？

「與能量無關，是這隻傢伙本身具備的特性，轉移一部分到生命核上。」

所以這傢伙是誰？

都打到門口了，至少知道名字吧！

意外地，這次回答我的不是魔龍，而是柔軟到令人安心的米納斯嗓音：疫病的魔神。

疫病魔神——巴別爾忒。

第九話　疫病

疫病？

有這種品種的魔神？

我還以爲他們都是崇尚壓倒性力量，大部分偏好以狂暴碾壓型的巨力爲主。

畢竟就算是攻擊慾較小的舍斯弭一開始動手，也都是瞬間壓制大法，根本沒在和人迂迴說道理，主打個第一時間就把你按到底的模式。

所以希克斯到底熟知多少魔神？

謊報年齡的懷疑重新上線。

「干你屁事。」魔龍反射性噴我一句，接著說：「這傢伙很陰險，當年打不贏被揍就到處散播瘟疫，因爲是異界能量感染，幾乎無解，後來那堆精靈乾和千眾耗費極大的精力才研究出破解之藥。」

看來當年千眾還眞是什麼都在解，不愧是爲了專心醫療徹底放棄武力的種族，完全不値得效法。

可以從這幾句看出來，該事件主要罩著千眾的就是精靈了，而生命之石事件中就是伏水罩著千眾……懂了，以後看到事故裡和千眾排在一起的種族，高機率就是那段時間的保鏢。

不得不說也是很會找，專挑背景強大的靠山。

但終究沒躲過命劫。

該死的百塵小渾蛋。

回歸主題。

從魔龍碎碎唸的內容裡，我大致可以描繪出這隻魔神是比較機車的那種愉悅犯，他一反其他魔神的作風，是眞眞正正性情殘暴，異常喜歡折磨生靈，看著他們痛苦掙扎緩緩邁向死亡，這個過程會讓他很開心。

——極度反社會的魔神。

現在反社會的中二老年變成一顆生命核，魔龍建議能殺就殺。

……該不會小黑蝶專程帶著小淺過來是這個原因？

「彼時我發現是巴別爾忒的生命核與異靈，也打算儘可能誅殺。」一直靜靜聽著我們討論的米納斯淡淡地開口：「可惜能力不及。」

她的語氣裡多少有點遺憾。

當然，今天換成任何一個白色種族來，魔神生命核就在面前，自己卻無法弄死對方，只要是個正常的白色種族都會超遺憾。

看著恢復部分相關記憶的米納斯，其實我感覺不到她有什麼特別興奮或者高興等等諸如此類的情緒，反而是遺憾與淡淡的悲傷居多。想想也是，雖說在那之前有快樂的生活，但後面除了米契爾以外的人都……換成是我，重拾記憶後大概想死的念頭都有了。

「生命核封印仍正常運作嗎？」後頭的學長詢問米契爾。他對水族兩人都很客氣，應該說他其實也一直對米納斯很客氣，只有對我超不客氣。

如果哪天我要變壞，一定是被差別待遇。

「差別待遇是指對你太好你才有種搞事嗎。」魔龍冷嗤了聲。

我直接無視魔龍。

「封印正常運轉著。」米契爾回應學長的問句。

幾句交談之際，哈維恩和學長已經把通往地底的路穩定好。

「那個呢？」黑貓頭鷹飛過來，終於開了高貴的嘴嘴說話，發出來的依舊是小女孩冷漠的聲音。她用腳爪指了指依舊被黑霧覆蓋的祭壇入口另一側，銳利的目光似乎透過遮蔽物凝視後方的某種物體。

「哪個？」那片毒霧沒有清理，和其他地方一樣濃黑。

米契爾突然轉過頭，盯著黑貓頭鷹，但沒做任何表示，很快轉移視線，隨即落在被小淺點出的位置，微微有些出神。

我總感覺那邊被藏著什麼東西。米契爾表現出來的微妙態度比較像是——雖然被我們看見無傷大雅，但如果可以，他並不想主動讓我們窺看。

掩藏物體的那一側在新設立的暫時結界點外，要清理得再花點時間。

「那不影響我們下探祭壇。」水帝答覆，一手搭在米契爾肩上拍了拍。

見兩人並沒有打算說明，確認沒威脅大家也就識趣地不追問，連西瑞都難得壓下好奇。

畢竟是虛空戰場，根本無景點，裡面有什麼其實大家心知肚明。

原本在夜妖精肩上的小黑蝶張動翅膀，輕飄飄地落在貓頭鷹腦袋上，後者一個呼嘯，竄進幽深的通道裡。很快地黑暗中連續閃爍幾次術法光，不多時就驅散了大量覆蓋在通道內的濃厚毒素。

「走吧。」確認毒素濃度暫時降低到白色種族可抵抗的程度，哈維恩點點頭。

雖然有水帝和小黑蝶，但為了防止出現意外變故，西穆德依舊帶著奇美拉顧守在入口處，其他人則是由米契爾帶路往下。

奇美拉在與米契爾昨天那番短暫交談後變得很安靜也很老實，乖乖地跟隨在西穆德身邊，也不咧牙對人了，看起來很是消極。

這點我們也沒辦法，就如同米契爾所說，只能奇美拉自己承受。

眼下我們要專注的是接下來的祭壇與魔神核處理問題。

後來詢問了才知道，虛空戰場原本是沒有像這樣的土地，只有臨時術法架構出來的著地點，但經歷各種時空術法的破壞與衝擊，還捲進了各式「碎片」，所以形成了現在所見的「地面」，再加上有些妖魔及種族的原形眞身巨大無比……也就是說，現在所踏的土地，扣除掉少許「碎片」帶進來的不知處土壤石塊，某方面來講可以稱得上是眞正的屍山血海。

一路向下的道路極爲狹窄，只容一人通行，像水帝比較高碩的人形身就有點卡，要縮頭縮尾側著肩膀，米契爾則是剛剛好合大小……所以是他挖的吧？

幸好米契爾的身材比在場的人都高一點，因此除了水帝以外都很好通過。這位帝王也不知道在堅持什麼，明明解除擬態換個模樣就可以很好走，偏偏堅持人形，一路走得很委屈。

跟隨米契爾的腳步，我邊在聊天室詢問魔龍和米納斯關於魔神疫病更詳細的資料，尤其是魔龍，魔龍剛剛的語氣很像是直接和對方交手過。

異界傳染的疫病……

等等，該不會？

我猛然意識到剛才魔龍評論疫病的那些話有不對勁的地方。

希克斯，你到底是怎麼死的？

喔，沒死透也不能說死，就是肉體蒸發待還原。

但實力這麼強的妖魔到底是怎麼死的才會整個肉體不剩？

魔龍沒有回答我這個問題。

所以果然和疫病有關嗎？

假設魔龍本身真正的戰力強到爆表，強到在整個妖靈界包括自由世界很多頂端存在會繞著他走，兼認識眾多高等級的強者……這種身分，實際可以毀滅掉他的東西照理來說並不多。

畢竟，光是他的小飛碟裝備的特性和力量就可以窺見他全盛時期的一二，再加上以前雷天使事件的魔王或黑白種族等等其他高層對他的態度。

這麼問題就來了。

希克斯真正的死因是什麼？

如果要我猜，扣除自然老死，異界來的生化攻擊很可能也足以列入原因之一。

況且希克斯的狀況看起來並不是老死。

另外還有剛才他評論疫病說的那些話，現在想想其實相當主觀。

首先，一般人絕對不會下意識隨口就說對方「打不贏」、「被揍」，那絕對是交過手之後才會有的不爽感想。

「死者」本人一點都不想和我聊這個話題，直接靜默了，任由同樣好奇的米納斯開口詢問也完全不理。

看來這死法如果不是我猜的疾病就是真的很丟臉，否則魔龍早就在那邊大放厥詞，順便講幾句他當年有多厲害之類的話。

跳過了死亡話題，聊天室才重新講述關於巴別爾忒相關的事。

而且這次還加入外接用戶。

「獄界有關於疫病的事，異界魔神曾涉足獄界，然而當時生靈不多，他無法取樂，很快便離去。」身在地底和貓頭鷹一起開路的小黑蝶大概剛剛在偷聽我們聊天，很自然地加入話題。

「古代病症如今大多可解，只有部分更為特殊的異界之毒到目前仍難以治癒。」

大概就等同於幾百種疫病經過了漫長的幾千或幾萬年，早就被一個個破解，除非真的是本界物質無法可救的，或是還未找到解藥。

這種狀況其實是有盡頭的所以還好，畢竟疫病魔神被擊敗，這段時間除了他的異靈可能搞事、弄新東西，魔神本人無法再釋出其他異界病毒，因此只要把當前這些已知的控管好就行。怕的是疫病再次甦醒……而且現階段我們確實也知道魔神其實是醒著的，例如舍斯弭和病毒球。

魔神殺不死眞的很麻煩。

所以這堆東西到底是從哪裡出發的？

他們在原本的世界沒有天敵嗎？

既然時間種族可以撕開時空，搞不好可以讓他們去尋找魔神原本的世界求援？

「他們原本的世界多半毀滅了。」小黑蝶淡淡地道。

「不是多半，是絕對吧。」魔龍補上句：「先不講強度，這些東西根本應毀滅而生，沒毀掉所在的世界不會離開。」

言下之意，現在這麼多就是本來世界爆炸了，才會一口氣都跑去別人的世界搞事。

……

……

就很煩。

不過，疫病這個魔神是怎麼掛的？

「由種族聯軍付出慘烈代價擊殺。」米納斯說：「當時屍體粉碎，能量核被封印，但生命核下落不明。」

下落在哪大家現在也知道了。

「但我聽聞過……其實在聯軍圍殺疫病之前，他便已經遭到極重的創傷，殘存的侵蝕力量似乎是大妖魔的手法，因此種族聯軍才得以絞殺疫病。」米納斯突然補了段。

魔龍還是啥也沒講。

有一搭沒一搭的聊天中，周遭空間逐漸擴大，空氣也濕潤了起來。

壁畫詩歌那些當然是沒有的，肉眼可見的地方全都光禿禿，多爲深黑或是黑紅材質，越往深處則開始出現骨骼一般的物體，從細細碎到整塊整塊，後頭則是一座座骨頭交疊建起，最終的地下空間便是如此形成。

不知多少巨型骸骨交錯盤結、扭曲纏繞，被硬生生改造得幾乎看不出原樣，形成一座超級幽森詭異的骨質地下宮殿，因爲多年沒有人煙出入，整個空蕩寒冷，乍然被點亮後呈現的，簡直是陰間才會出現的恐怖畫面。

骸骨地宮的中央，聳立著他們口中的魔神復甦祭壇，規模比我預想的還大，當年的異靈大概把心思都花在這玩意上面了，宏大的祭壇不但有著細細密密不屬於這世界的圖紋雕琢，還有一些被精心挑選出的妖魔頭骨作為妝點般鑲嵌在祭壇四邊，血腥氣與壓迫感飄蕩圍繞，使人不寒而慄。

祭壇上布滿了同樣邪詭的大陣，但原先最重要、驅使魔神復甦的核心術法點及幾處重要的能量中轉點、術法結構點，如今全都被凝滯不動的水流卡住命脈，硬生生逼停運作，讓整座大陣淪為廢棄裝潢。

我無預警一腳踏進冰冷的水裡，幸虧保護術法把我的腳與幾乎等同流動冰的低溫水隔開，不然可能真的會當場被凝固在原地。

緊接著而來的是澎拜洶湧的力量感與無所不在、流動的水。

這些我們一開始沒發現的水流從隱匿的空氣中浮現顯出，彷彿無重力的絲帶般浮空環繞充斥整座地宮，隱約還可以看見水流中有著透明的特殊水紋，仔細感受更能察覺蘊含在其中、既陌生又熟悉的力量感。

千多年前設下的法則大致將水流分為五大道，每條水柱都有各自規律的運行軌跡，有些快速上衝再下墜，有些緩緩逆流慵懶向上，有些在拐彎處急轉畫圈，有些則是菱形旋繞優美飛舞，就像是場水的表演，配合著周圍幾十張繁複誇張的法陣圖與翻飛的符文，形成宏偉壯觀又怪異好看的奇景。

在這場可說瑰麗無比的超大型術法中央，一顆純粹透澈的大水球靜靜飄浮，如同水之巨陣的心臟，緩緩沉寂地鼓動著，千餘年來鎮守整座邪惡地宮。

令人熟悉卻又陌生的女性，閉著眼睛，浮立其中。

※

沉睡在水球當中的女性外表約莫是人類二十歲左右的年齡。

無色的純水包裹的身軀膚色極度白皙，略帶水色，與米契爾偏藍的膚色很相似，但更淡、更透許多，像是昂貴脆弱的人偶般彷彿觸之即碎。

同屬偏淡冷水藍的頭髮極長，幾乎可將整個人都包裹進去，此刻正隨著水流柔軟地漂浮著。

被層層符文圈繞的身體下方並不是我們熟悉的蛇尾，而是修長美麗的龍尾，一片片冰鱗透澈無瑕，如同許多最高級的水晶聚組而成，泛著晶亮的冷光，隱隱在空氣中折射出水紋，傳遞

出不容侵犯的神性聖潔感。

即使以身爲印、被困在巨陣，至高聖殿的神女依然具備著極爲駭人的猛烈威壓，就像我們先前尋得心臟時也有過的類似感受，那是種無法抹滅的強者氣息，無論意識是否尚在，都在警告旁人不可輕視。

尋得身軀的那一刻，飄浮在我身邊的米納斯身周浮起大量水霧，面目被水光模糊扭曲，數秒後，重新出現在我們面前時，已經是與沉睡的神女完全一樣的面容，眼珠也呈現略透銀色的藍眼，並帶著龍似的豎瞳。

說眞的，這瞬間我十分不習慣，米納斯好像眨眼間成了另外一個有點陌生的人。

原來她自始至尾都不是蛇尾或者什麼精靈的身分，在成爲僞幻武前，沒人知道她的魂靈爲什麼會流落到怪異的地方，也不知道爲何沒被發現，在這段時間裡她經歷了什麼、融合了誰的身分或記憶，爲何以此作爲虛假遮掩，大多無解。

現在的她褪去層層僞裝，是水族曾經失落的聖殿神女，也被稱爲希納斯·莫圖蘭。

身體、心臟、靈魂。

能夠提供復甦的三種要件我們誤打誤撞全都集齊。

我看向深深凝望遠端眞身的米納斯，知道時間已經即將結束。

到了這一步，可以乾脆放手什麼的都是騙人的。實際上我極度不捨，而且感到很難過，曾經我以為我們的旅程永遠都不會結束，因為幻武綁定了靈魂，沒有意外的話是會與大家一樣一直保有締結的夥伴關係，永遠永遠一起到處亂跑。

直到被告知是偽幻武時，我還沒有這麼真實的離別感，還可以想著「喔那該去找身體」。

——我以為還有時間。

米納斯回過頭看著我，已不再熟悉的面孔高雅優美，有種無法形容的強大睿智。不過雖說陌生，依然可以在她的眼裡搜尋到一直庇護我的溫柔。

沒關係。

她在告訴我沒關係。

即使恢復，她仍舊是她。

但……

「請問該如何把米納斯的軀體取出？」

我轉開頭，垂下眼眸，低聲詢問水帝。

在神女無限且恐怖的能量高壓下，隱約可以察覺有一股讓人不適的腐敗氣息，就算被鎮壓，還是想從不斷淨化「它」的祕法裡掙脫。

魔神巴別爾忒的生命核。

凝神細聽，我可以稍微聽見這東西試圖想送出蠱惑話語，可惜壓制它的水族過於強悍，純澈的淨化力一次次消弭那些來不及遞到我面前的邪惡耳語，同時也讓我知道疫病魔神的確還清醒著，但有沒有發瘋不確定，畢竟話都講不出來。

但大概，應該是瘋的吧。

黑色貓頭鷹飛到我們面前，落地化回小淺的模樣，但眼裡已除去屬於小淺的情緒，取而代之的是更爲強大、更漠然無溫的冷酷眼神，以及蘊含在表象後無比可怕的兵器力量。

……欸等等，沒有完全斷乾淨的嗎？

我不合時宜猛地想到某幅蹲守電視的畫面，秒把腦袋裡的殘渣快速甩掉。

「她」抬起手，小黑蝶停在白色的手背上。

「深？」我試圖喚了聲。

「不是小淺嗎？」水帝愣了下。

「請當成有本名暱稱就好。」夏碎學長微笑著帶過一切。

西瑞把變得很威風的小蘿莉提起來，放到旁邊比較高的台柱上，方便他與大家平視，同時避掉水帝和米契爾好奇小淺突然變得異常的問題。

身爲知道小淺和深的關係與瞬間交換的人，米納斯並沒有在這時候揭我們底。

「巴別爾忒很危險，你們做好萬全的準備了嗎？」小蘿莉的童音吐出超老成的說話語氣，讓水帝又是一愣。不過種族裡童顏老妖怪太多了，因此倒也不會特別奇怪，畢竟水帝自己也沒年輕到哪裡去。

於是他很快反應過來：「我們有取代鎮壓物的方式。」

小蘿莉想想，基於米納斯的情面，友情提醒：「如果是要拿別的東西取而代之，要有同等力量，最好是同樣具備淨化之力的才行。」

神女希納斯鎮壓疫病有個很大的特點，就是滿地下室環繞的這些水，全都具備驚人的淨化能力，致使雖然周圍環繞著各種屍體和骨頭，這個空間卻「乾淨」到恐怖，大概隨便飄隻細菌進來都會被瞬間殺死。

這種獨特的淨化力量有點罕見，所以小蘿莉才事先提出來告知。

「請放心，水族有許多人都天生具備類似的淨化力量。」水帝看著端坐在台柱平面的小蘿莉，並沒有因爲對方來歷不明而態度忽視，反而保持著同等對待客人的禮儀。

「嗯。」小蘿莉合手抓住正想拍翅跑開的小黑蝶，就包握雙手的姿勢，一臉好像他什麼也沒幹的表情對水帝說：「我們會協助你們取出軀體。」

大概是小蘿莉先前開路的表現過強，水帝倒是完全沒有起疑，很放心地點點頭，便走向一旁的米契爾。

於是又回到剛剛那個問題。

他們打算怎麼取出米納斯的身體？

「米契爾會主陣，幾位只要進入協助陣……」水帝張手釋出幾個模擬小陣法，看來他們確實為此做過詳盡的準備。他開口要解釋時，突如其來的震動打斷剛起的話頭。

說真的，我一點都不意外會被打斷。

應該說，這種地方在我們進來後，沒點什麼東西尾隨更加不正常，現在出來了反而讓人鬆口氣，總比開始動手後突然遭到襲擊來得好。

「大爺上去。」西瑞知道在術法面前他提供不了太多幫助，所以選擇武力，去和留守的西穆德並肩。

「我也一起。」夏碎學長向學長點點頭，甩出鐵鞭。

「是異靈，小心。」我把可以用的幾架小飛碟都交給夏碎學長，再加上幾隻黑色猛獸任他驅使。

先前我們發現米納斯連繫的那道裂縫，從回憶對話裡可以知道是當初搶奪陰影碎片的異靈切出，因此異靈若是沒死，注意到有人試圖使用裂縫，必定也會原路切開裂縫進入。

這樣思考時，被我留在西穆德身邊的黑色獵犬傳遞來、與我共感的視線裡，我看見了一名散發著不祥氣息的高大男人。

男人的模樣有點詭異，與先前那些充滿邪惡力量的活潑異靈們不同，這個人帶著一股「死氣」，渾身都是那種腐敗的將死氣味不說，露出在外的皮膚有著密集到過分的坑坑疤疤，到處都爬滿奇奇怪怪的菌絲與血瘤，第一眼視覺超級噁心。

我透過獵犬向西穆德傳遞千萬小心的訊息。

疫病的使者異靈十之八九也會操控那些讓人不舒服的小手段。我不曉得誕生於死亡的血靈一族會不會被這種異界病毒啃食，不管如何，多小心總沒錯。

西穆德微微點頭，揮出長刀很快就與充滿血瘤血塊的異靈纏鬥起來。一邊的奇美拉明顯不太敢靠近，只在異靈出現漏洞時噴射毒液或火，試圖對魔神使者造成影響。

這奇美拉比我想的更廢物一點，難怪會臨陣脫逃。

因爲對手特性問題，西穆德不像以往暴力近身砍掉對方，而是比較迂迴地搭配術法，刀風不斷擊退帶著大量毒瘤的異靈，一塊塊帶毒的「東西」也不停從異靈身上掉落。

很快地，我就「看見」夏碎學長和西瑞回到地面，與西穆德成三面包夾這隻讓人感覺很不對的異靈。隨著他們急速猛攻，發黑的血瘤肉塊不斷掉落地面，觸地瞬間腐蝕，沒多久整個地面變得凹凸不平，臨時設置的陣地結界外，毒霧濃度再次上升。

「西穆德，退。」

我閉上眼睛，拿回操控權，專心把意識沉到地面的黑色動物們身上。

人形生物們退下，黑色力量凝聚的七、八隻動物取代位置，堵住任何一條異靈想脫出的道途。

眞的很不對勁。

凹坑裡的黑色液體沉積著，一灘灘持續釋出毒素。

疫病的異靈即使被其他人瞬間攻擊了數百次，也都只是一直掉血瘤、然後再生，這些塊狀的東西好像瘋長不盡，就算砍的是他身體其他部分，掉下來也必定會變成類似血瘤這樣的物質，然後形成毒素，岌岌可危地不住增加空氣污染度。

濃度很快高到開始侵蝕陣地結界的外壁層。

與異靈正面相對的黑獅子來回踏步在重新長出肉的高大男子面前，他還是那張死氣深沉的臉，彷彿隨時要死，但也確實打不死。

是哪裡不對？

我猛地想到這個魔神的稱號。

疫病？

「褚！收手！」

「弱雞停手！」

學長和魔龍的聲音幾乎同時在我耳邊放大。

我睜開眼，抬起手，看見指尖被染成黑灰的顏色，刺痛感快速朝我的皮肉血管蔓延。

啊，原來是這種嗎？

以力量作爲媒介感染的異界病毒。

透過另外一端的視線，我看見死氣濃重的異靈慢慢地露出愉悅的笑容。

抓到你了，妖師。

※

昨晚哈維恩替我檢查過度拔升而有些崩潰的身體時，曾經目光深幽地要我暫時停止會傷害到身體的任何舉動。

我不太確定病毒感染算不算禁止範圍。

魔龍和米納斯快速扯來水霧與血色符文纏繞到我身上。

下意識抹了一把有點溫熱脹痛的鼻子，張開手掌全都是血，我後知後覺地意識到嘴鼻都出血了，黑灰毒素蔓延得很快，第一時間被攻擊的就是幾個重要器官，霎時體內臟器不斷發熱，彷彿整個身體都發起高燒。

「米契爾。」水帝閃身過來扶住我，讓我就地平躺，抬手隔開魔龍，大片大片水光覆蓋到我身上，一點點地開始沁入毛孔，試圖把侵入的毒素從原處逼出。「骨幽毒。」

其實不太痛，只是到處都刺刺麻麻的，我甚至還有餘裕可以思考這個毒素有被命名，大概是目前可以治癒的其中一種。

當然，也可能治不了，可能性五五開。

抓著小黑蝶的蘿莉不知道什麼時候走過來，他張開手，讓小黑蝶飛到我的腦門上，黑翅一張一合之際，攤開幾片大大的輔助陣法。

米契爾在我另一側蹲下身，手掌覆蓋在我的喉頭慢慢移動，清涼的感覺拉開一條線，接著是腐敗的氣味與血腥味同時迸出。

我看著米納斯和哈維恩焦急的臉，感覺到他們正在操控我身上任何可用的液體，包裹並擠壓出毒素。

就……很倒楣，但也不意外。

其他人與異靈交手都沒被感染，偏偏捉著我的黑色動物沿著力量入侵，看來目標很明確是我。

那還好，至少我抗毒素的能力比其他人更強，除了西穆德。

把我放出來。

異靈無視身邊各種攻擊，掐住黑色獵犬，透過黑暗對著我說……或者，應該是疫病、巴別爾忒對著我發出要脅。

否則死。

看吧，所以我說也是瘋掉了。

不過這個疫病比憎恨有技巧點，他還知道要先抓人質，不像憎恨只會當中二青年在那邊發酒瘋。

爲了不被發現魔神的通聯威脅，我再次閉上眼，任由其他人搶救。

黑暗裡，我看見異靈的臉逐漸扭曲成另外一個樣子，但他還繼續與西穆德等人纏鬥，其他人似乎沒有發現異靈變樣，應該也是只針對我給的另一幅畫面。

黑色的絲線下垂。

我在瀕死中無聲無息與此連結。

與憎恨的病毒球、舍斯弭的六翼不同。

巴別爾忒的形象架構，是個孩子。

嗯，是個孩子，千萬別放過他，該搥死就搥死。

大約七、八歲左右的模樣，穿著一身男童設計的黑色小禮服，感覺上很正式，蒼白的小臉稚嫩可愛，還附帶一雙圓滾滾的無辜黑眼睛。

放我出來，我保證不殺死你。

小疫病魔神聲音一變，這次和他的形象符合了，都是軟軟的童音，還帶著病氣，給人很可憐的感覺。

但更可憐的是我，突然要死了喂！

冷眼看著不知道幾百萬歲的異界魔神在那邊裝嫩扮可憐假可愛，我他媽眞想一腳踹過去，讓他進入海底兩萬里。

放你出來，我保證秒殺死你。

喔，對方不在聊天室，被拒絕登入了，只能我單向聽見他討人厭的幼兒聲。

你有……

憎恨和吞噬的氣息……

那不該拒絕我。

我們都是一樣的，我可以照顧你。

我們可以完全吃掉整個世界，把所有的力量都化爲己有。

只要你把我放出來。

我不會害你。

小男孩在胸前握著雙手，呈現祈求的姿態，病氣臉讓他更顯楚楚可憐，意圖使見到的人不忍心拒絕。

……有時候眞的很慶幸。

年輕時不懂事，因緣際會、胡作非爲、腦殘手賤，我的同學朋友乃至同伴好幾個都縮小過，各個都比這傢伙可愛漂亮好捏，所以我對可愛孩童的免疫力還眞不是普通高，畢竟與我身邊各種高級顏値比起來，他可能連張R卡都排不到。

所以我還眞幹得出來把路邊的魔神小孩踢走這種事情。

前提是能動。

幸好周圍幾名高手高高手們的治療起效，很快我就可以感覺到身體傳來陣陣撕裂般的疼痛。啊這個，治療比放棄治療還痛……突然有點點想放棄治療了。

悄悄睜開眼睛，這一看我差點被嚇得原地彈跳復活。

只見不知道什麼時候靠在我旁邊的小蘿莉微微張開嘴，用一種非常恐怖、恐怖到無與倫比的姿勢，優美地低下頭。

我眞心想直接起飛。

然後被手快的米契爾一巴掌按回原位，看似蒼白的二哥手勁靠杯大，好像被巨石砸到。

小蘿莉十分無語地看了我一眼，接著張嘴，快狠準地用力咬住我脖子剛剛放過血的開口。

喔，原來是吸血。

嚇死我了。

看來不知不覺又完成一個人生體驗任務……總之，我那群祖先裡面，應該沒幾個可以榮獲被世界兵器吸毒的經驗。

隨著最後一口毒血被小蘿莉吸走，我的知覺逐漸恢復，屁孩魔神的連結也慢慢退去。

※

重新恢復意識時，疫病的異靈已經被首次打退。

憑良心說，總感覺這個異靈與其他的比起來，似乎弱了點，如果不要接觸到他的病毒，迂迴地打就不太容易出事，不像其他接觸過的幾個要豁出去用強火力打。

我沒有立即起身，逐漸清晰起來的視線裡先看見幾個人。

小蘿莉和小黑蝶不在，西瑞等人倒是回來了，幾個人把我圍成一圈，好像末期救不了那種準備蓋白布的圍法。

我整個人很安詳地躺在原處，哈維恩體貼地幫我放好枕頭、薄毯，還幫我把手擺在腹部，看起來更像不治了。

注意到聊天室開著，魔龍和米納斯都在，小黑蝶已經登出，不知道我昏迷這段時間發生什麼事。

「你昏了大概五、六個小時左右。」魔龍率先回應我的疑問：「那個小碎片吸完毒就爆了。」

小淺爆了？

欸不對，深爆了？

我怔了下，掙扎著想爬起來搞清狀況，又被旁邊的人一巴掌按回去。

他們幾個是不是按得很順手？

「別動。」坐在一邊的學長看起來面色不豫，簡稱看起來臉很黑，但也說了我目前想知道的狀況：「小淺沒事，他們將毒素轉移得很快，炸損的只有很小一部分。」

學長說明大概的情形。

當時我被疫病攻擊後，沿著我力量軌跡過來的毒素叫作「骨幽毒」，是目前已知的魔神毒之一，被感染者除了力量會被腐蝕，渾身器官會在極短時間內被分解成一團泥水；雖然有解，但我們身邊藥物不夠，抑制速度趕不上感染速度，雖然用了一些強行拔除的手段，卻還是無法完全清除這些狡猾的病毒。

說到這邊，學長語氣變得有點陰森森的，低頭涼冷地開口：「照理來說不應該會這樣呢……通常會擴散得如此迅速，是被感染者本身也有問題。」

我頭皮一麻，下意識往旁邊看，守在旁側的夜妖精用一種讓我自己默哀的眼神微微點頭。

喔幹，被發現了！

早知道剛剛就不要安息得那麼徹底！

「所以弱雞，你身體是怎麼回事？啥時候搞的？瞞著本尊和這女人？」

魔龍的聲音也幽森森地飄上來，米納斯雖不說話，但可以從連繫裡感覺到不高興的情緒。

……

………

他媽的巴別爾忒，終生不得好死。

出門被隕石砸到，走路被天空島撞到，吃飯被地雷爆到。

「漾～說好歃血爲盟眞兄弟呢？」西瑞的腦袋探出來，瞇起不懷好意的眼睛。「你這樣不行，要加碼黑狗血。」

你才加碼黑狗血！

你全家眞兄弟都加碼黑狗血！

學長等大家都一一「問候」過我，才繼續剛剛中斷的話題。

因爲我身體根基受損，所以毒素蔓延得很快，他原本想使用轉移，然後再利用他的身體與水帝等人的淨化力量處理毒素，當然這個提議被狠狠駁回了，隨後「小淺」提出把所有毒素壓縮在幾個地方，由他吸收。

這就是我中途睜開眼睛以爲清白不保、差點被嚇去找阿嬤的一幕。

「小淺」順利吸走毒素後，他本人卻不順利了。

陰影化成的軀體出現異狀，不知道是被魔神連結或者是這個毒素眞的恐怖到出現不爲人知的對其他物種的影響，最後「小淺」及時切除大半個被感染的軀體，直接就地引爆，炸了個灰都不留。

隨後小黑蝶帶著剩下的部分返回獄界，打算研究爲什麼會有這種變化。

當然，已提早被轉移意識的小淺並不會有影響，而且還可以得到一具新的身體作爲賠償。

與此同時，纏鬥中的異靈大概是發現綁架人質計畫失敗，加上夏碎學長不知道用了什麼手段，異靈眼見打不過，居然戰略性撤退，但沒有撤出封閉戰場，而是藏在某一處。

疫病的異靈攻擊方式特殊，還可能像我這樣衰小中毒，於是哈維恩把西穆德召回地底，還好血靈評估過狀況，同意夜妖精的判斷，乖乖拎著狗下來集合了。

所以目前就是，安全第一，全體都在地宮蹲著。

除了我以外，其他人重新架構一個更穩固的陣地結界，以及規劃好各式各樣的陣法圖，預計等我這個契約締結者甦醒後，把米納斯的身體移出。

「你再休息一會兒。」學長又把我壓回去躺好。

不現在動手嗎？異靈跑回來怎麼辦？

「買彩券啊。」魔龍非常沒良心地用我會說的話嗆我。

「……」

會中的話我就買了我告訴你！

第十話　分離

五分鐘後，我原地復活。

幾小時過去，正經的那組人差不多將需要用的東西準備好並分類，連我都分到一小堆。

不正經的西瑞蹲在一旁對奇美拉比手畫腳，意外的是西穆德也在那裡，血靈倒是沒有蹲下去，微彎著腰看兩隻凶獸溝通，展現出無與倫比的耐心。

我這時才意識到其實最先認識血靈的是西瑞，而且他們一直相處良好，西瑞也很少找西穆德麻煩。

突然覺得血靈以後退役說不定很適合養隻貓或狗，然後悠閒度日。

異靈來襲時幸虧西穆德發現得夠快，第一時間就把對方從夾縫暗處打出來攔在外面，避免被直擊地下空間。

我稍微檢查了血靈，可能眞的是出生方式特殊，直面異靈作戰的西穆德完全沒被感染那種殺人病毒；重複確認了幾次，眞的沒事才把人放走，但想想幾小時過去了，就算有什麼傷，大概也早就治好，看個心安而已。

一行人再度重回米納斯本體的封印之前。

這次仔細看著大量水流當中，除了米納斯以外的另一個封印體，那玩意就在她右側邊的斜上方，較接近天花板的不起眼位置，被許多分出來的細小水流組成的牢籠死死困住。

被鎖死的物體其實很小，呈現梯形不規則的半立體模樣，大約只有我半個拳頭大，純黑帶點金屬色澤，上面有著幾條分岔的灰紫色紋路，彷彿血管似地以很小的起伏活動著。

乍看之下，根本不會想到這是一顆能夠讓魔神復甦的生命核，長得很像市集裡會看見的某種紓壓小玩具。

「當時米納斯使用的水族祕術將她的身軀化爲死鎖。」米契爾抬起手，整個大型水牢所有隱藏符文瞬間具現化，眾多古老文字塞滿偌大的地下空間，肉眼可見的地方全是圖紋線軌等等，連我們站的位置旁邊也是，足見這個封印祕術運作起來有多麻煩。「原本這個祕術不應該被發動……因爲這是一個最少需要兩人協力的靈魂封鎖術。」

最少兩人？

我看向米納斯，她似乎還沒完全想起來關於祕術的事情，不過前一晚應該有聽米契爾提過大概，看上去並不意外。

所以當時米納斯自己一個人是怎麼成功的？

總不可能抓著異靈的腦袋把對方擼在輔助陣上硬控達成目標吧？

……

……等等，好像也不是不行。

例如我控黑色動物或者捕捉鬼族、魔物心靈那種做法呢？

「辦不到。」米納斯無比冷靜地在聊天室吐槽我。

「想得美。」魔龍同時冷嗤。

被兩個擅長術法的人駁回，看來這個方法行不通。

嘖。

我打消以後用恐怖力量控制高階鬼族當人頭玩古代大陣踩地雷的念頭。

究竟是怎麼單人成功，以及爲什麼米納斯在施術後靈魂會變成幻武石，這些大概都得等她回歸本體、重拾所有記憶後才會有結論。

在我昏迷時，其他人已經討論過要使用的術法陣，分給我和哈維恩的部分是純黑色陣法，這一塊大致用途是壓制可能會產生或出現的黑暗與邪惡能量，讓其他人可以順利運作以白色爲主的祕法大陣，由哈維恩爲主力驅動，我的任務則是當個提供藍條的吉祥物。

抽藍條業務我熟，就是站著。

……其實放架貯存量滿載的小飛碟在那邊也可以吧喂！

「還有，須要你同時解除締結契約。」水帝開口。雖然之前就已經告知過有這道手續，但為了確認，他還是重複了一次，並看向我和我旁邊的米納斯。「必須完全解除，我會協助你們兩人徹底清除掉契約術法的靈魂羈絆，讓我們以不受束縛的靈魂為引，帶出軀體。」

「好的。」

這時候我整個腦子無比冷靜，很清楚接下來自己要怎麼做，也很清楚即將和米納斯斷開連結，成為兩個從此之後再也不相干的個體。

「褚冥漾。」

聊天室內，米納斯的聲音響起：「我很高興，能夠遇到你。」

我也是。

遇到你們永遠都是我最大的幸運。

神女溫溫柔柔地對著我一笑，冰涼的手指拂過我的面頰，輕輕地在額頭一點，水光沒入皮膚內，帶來細微的涼意。

「別擔心，我依然在，何時、何地，只要你需要我。」米納斯收回手，順勢摸摸我的頭。

「嗯。」

我相信。

「好啦！別浪費時間。」西瑞一爪子勾住我的肩膀，咧開笑容：「頂多以後多一個座位，又沒差～！」

某方面來說，是這樣。

但事實上，卻也不是這樣。

按照水帝排列的位置，我和哈維恩站到黑色陣法那側，而其他人走向白色陣法那端，西穆德與奇美拉則是留在陣外預防百分之百可能會衝出來的異靈搞事。

值得一提的是，黑白陣法交際之處居然留有魔龍的位置，這個點好像原本是小淺和小黑蝶，但臨時出了疫病的變故，魔龍便提出由自己取代。

在場確實也只有他可以替代。

難得啊，主動站出來。

「囉嗦！」

如今魔龍已經集夠了恢復軀體的黑色力量，因此出手不再像先前般瞻前顧後，加上這裡是世界之外，沒有規則的約束，顧慮不多，可以隨意發揮。

……

………

等等，如果他現在發難想回頭咬我們，搞不好也有可能！

幸好魔龍並沒有這麼陰險。

很快地，風暴以魔龍爲中心捲開，異族般的古文字像是瑰麗又奇異的彼岸花綻放，重疊到黑白陣法交際處，瞬間完美銜接與融合共生陣法，成爲力量轉接交換的橋梁。

米納斯擺動龍尾，游向米契爾與水帝所在的主陣。

「眞正的祕術，需要兩個人啓動。」

水帝抬起手，帶有淡淡微光的水流順應旋繞。

接著是帶著銀藍色流光的水流與之相捲，開始向上升起巨大的沖天水幕。

「此爲——印德蘭封印陣。」

※

其實直到那天祕術開啓前，我都沒有眞正進過水族的中心都市。

唯一去過的，也就僅僅兩次在邊界移動的米契爾住所。

以至於我們來不及搞清楚所謂的印德蘭祕術是什麼，而後知道時也已經來不及了，當場除了魔龍，連失去記憶的米納斯都對這個水族祕術不算完全了解。

至於魔龍……

我該知道他的主動向來有所目的。

水幕被揭開之際，水帝與米契爾的人形已經消失，在原地取而代之的是先前乘載著我們的泛金色水龍，以及另外一頭更爲澄澈、鱗片與米納斯的非常相似，像是水晶雕刻而成的冰藍色巨龍。

銀藍色的瞳眸自高處俯瞰著我們，雖然已刻意收斂，然而凜冽的高壓依舊從水晶似的龐大身軀散出。

磅礡純淨的美讓人震撼了好幾秒。

水族的本體……或者說擬態體，純血水族其實相當特別，與其他種族有固定的實體不太一樣，他們的本體是液態，等同於一整團水就是他們的本體，當然實際多大難以確定。所謂的本體型態大多是他們意識成形後自己「製作」出來代表自己個性的擬態軀體，通常其中一個是人形，方便與各種族溝通，另一個則是他們偏好的巨體模樣。

目前我見過的三名純血水族使用的巨型擬態都是龍形，很可能他們那段時間的偏好就是這個模樣。

比起亮晶晶的金龍，西瑞顯然對亮晶晶的水晶龍興趣比較低，雖然也是眼睛一亮，但並沒有到想要衝上去砍爪子的地步。

所有陣法被啟動時，我感覺到黑色陣法正在抽取我們身上的力量，並且開始連結。

「米納斯。」

從手環上解下藍色的王族幻武石，我指尖點在上面的王紋，一圈水色陣法圖盪出，上面有著我與米納斯的名字。

「——米納斯妲利亞。」

我想起最初那時什麼都不懂的我，既害怕，又困惑又懵懂，所有一切對我來說都像外星球。

而那時候的米納斯，拓印他人的外表，套用他人的身分，毫無自己的記憶，偽裝成最普通不過的幻武兵器，與我締結兵器誓約，自此之後我們兩個綁在一起，經歷了各種奇奇怪怪的事件。

米納斯始終包容著我。

指引著我。

安慰著我。

教導著我。

美麗的神性面孔出現在我眼前，陌生的臉，熟悉的溫柔笑容。

既是神女，也是曾經那個自稱貴族的龍神精靈。

「你需要的是能改變現狀的武器嗎？」

她對我伸出手，一如往常。

「或者是保護自己的防具？」

「你需要強大的力量嗎？」

「強得足以讓你永遠依靠的力量？」

「或是你需要不受敵人傷害的防禦？」

「堅固得讓你不用再擔心受怕的強大防禦？」

我伸出手，回握住她。

「我什麼都需要，我也什麼都不需要。」

靈魂契約在我們手掌中打開。

「我需要的，只是我自己。」

從頭到尾，我都只需要我自己、相信我可以。

然後成爲改變他人現狀的武器、保護重視之人的防具、能夠讓其他人永遠依靠的力量、護佑身邊人不受敵人傷害的防禦。

「我只需要我自己，然後守護你們。」

米納斯柔柔地笑了。

「那麼，我可以放心，等候我們再度見面。」

手掌鬆開，莫圖蘭的龍尾神女向後退開，幻影的身體與其後沉睡的身軀相疊，看起來就像凝成實體。

「我是米納斯妲利亞，水中之王，海洋之風。我是希納斯．莫圖蘭，至高聖殿神女，七大水域與九大海域神諭引導者。」

「我是妖師褚冥漾。」

「米納斯妲利亞，與我簽訂契約之物，賦予妳自由之鑰，展現妳眞正姿態，美麗優雅而尊貴，水是妳的臣民，是妳的驅使，是妳永恆之鄉。然後，重返故鄉，成爲朋友，成爲夥伴，掀起風暴，攜手解決侵害者。」

某種東西從我的靈魂深處被剝離。

飄浮在我們之間的幻武圓珠不斷溢散符文，曾經締結的契約正在消散瓦解，帶著淡金與藍銀微光的水珠穿梭其間，儘可能爲我們緩衝與降低大部分解除契約的傷害。

「褚冥漾，我相信你。」

「我們，會一直相信你。」

我的內心一空，聊天室永遠地離開一個人。

「這便留予繼任者。」米納斯扶著我的手掌，握住已空的幻武石。

不知道爲什麼，米納斯已經從這個寄宿體離開，僞石空殼卻還存在……是留下紀念品的意思嗎？

握住藍色圓石時，我注意到運轉的能量還在，意思就是幻武形成的武器被保留下來。

「我希望還能繼續保護你。」米納斯微笑著，包起我的手掌，讓我把幻武石放回手環。

「我們一起製作的，希望永遠停留在你身邊，爲槍，爲盾，爲守護。」

「好，我會繼續使用。」

我看著米納斯，緩緩放開她的手，將她送向等待她的水族雙龍。

「去吧。」

※

印德蘭大陣啓用後，地面不斷震動。

黑色陣圖主壓制黑暗力量侵蝕與增生，以及使用妖師一族的震懾力壓制想要趁隙掙脫的魔神疫病。

從打開封印到取出身體的時間其實很短，然而意外往往就是出現在那瞬間。

可惜這次我們防備得很嚴密。

撕開空間想要衝入大陣奪取生命核的異靈一腳踩中我們設置好的其中某個陷阱，下秒就被趕來的西穆德當頭狠狠劈了一刀。

兵器碰撞聲響傳來時，水帝與米契爾正開始解除部分大陣封印，兩人默契極佳，外力也無法輕易干擾他們的同步作業，可見以往沒少合作過。

雖說當年米納斯僅靠一人之力使用大型祕術這個創舉非常驚人，但畢竟是腎上腺素下的作品，超越自我的祕術施展還是留下了幾處不太完美的瑕疵，多虧這些年進出封閉戰場的人不多，所以這些不是專家不會發現的小細處保留至今，也是米契爾兩人首先清理、成爲突破口的地方。

外面放置的陷阱術法夠多，我們把流越送過來的備品也都用上，如果這異靈平均五分鐘可以拆一個，那麼他全部破解完大概要五百分鐘以上。

假使他拆很慢……嗯。

西穆德與奇美拉靠著這些陷阱，暫時把異靈牽制在外，看來異靈沒辦法五分鐘拆一個，我們製作的就算了，大祭司出品，拆到你人生瓶頸。

就在異靈拆陷阱的背景畫面下，米契爾與水帝快速推進進度，地宮內無數符文與水流迅速被規律地排開，在米納斯這個製作者本人允許下，受到的阻礙極少，可說非常順利。

沒過多久，站在前面輔助的學長差不多可以向前接觸到米納斯漂浮在水流裡的本體身軀。

和我站在原地抽藍條的任務不同，學長除了協助驅動白色陣術，還須轉成精靈的模樣，用種族天生特質幫忙穩定米納斯軀體的生機，以免取出時有什麼不可預料的事發生，造成生機潰散。

所以，雖然令人羨慕嫉妒恨，但他還是成為第一個接觸到米納斯的人。

黑色力量一個震盪波動，我和哈維恩強壓下魔神生命核的顫動，隱隱感覺這玩意又想連結我，發動道德勸說，於是我毫不猶豫拒之腦外。

忙線中，無人接聽。

魔神核不死心，接二連三想要通聯我，繼續被我掛斷。

來來回回幾次我都可以感覺到那顆紓壓玩具在冒火光了。

上過一次當後才不會再上第二次，萬一他電話是想要輸送新的病毒呢？既然是個陰險的魔神，那就什麼都得防。

我想想，轉出一股恐怖力量直接籠罩在身邊，除了確實不讓電話接通以外，還多做層防備。

轉成精靈系的學長在封印打開到一定大小、得到雙龍的示意後，搶時間快速踏進水流當中。有了水帝兩人與米納斯本人介入，他並沒有遭受攻擊，非常順利地開啓接迎術法，將神女的軀殼保護住，輕輕地挪移出來。

頓失鎮壓物的封印劇烈顫動，同時被生命核持續不斷地衝擊，開始有輕微的崩解情況。

在米契爾給我們的計畫裡，這時候要將取代物品放置進去，替代米納斯的本體作爲新的封印物，再修復大陣，繼續鎮壓疫病的生命核。

完成這些後，我們會用最快速度撤離，最後由水帝把整個廢棄戰場永久封鎖與破壞軌跡，杜絕異靈日後的入侵。

計畫看似很完美。

我們也確實按步驟暢通無阻地取得了米納斯的身體，這時候異靈還被擋在外面拆陷阱，西穆德非常盡責地在異靈想要脫離時將他打回陷阱地獄。

一切都非常地順利。

這時候應該要放替代物品了。

我猛地驚覺，從頭到尾，我們都沒有看過所謂的「替代物」。

米納斯也意識到這點，好像發現到什麼，倏地臉色大變，失去以往的冷靜朝學長大喊：

「放回去！將身體放回去！」

學長還來不及動作，整個人被一道術法擊中，直接僵在原地無法動彈。

制住學長動作的魔龍環著手，似笑非笑地俯瞰著對方開口：「終於有幾個古代大陣你不會了吧，臭精靈。」

學長不清楚印德蘭大陣詳細的描繪與製作構成。

這是屬於水族內部、極少極少能力高超的純血才會使用的祕術，因此別說是外界，連水族族人普遍都不清楚祕術架構。

——以自身爲祭，成爲封印一切的絕對死鎖陣法。

所以水帝先前才會失口說了一句「請放心，水族有許多人天生具備類似的淨化力量。」

那句話接在當時深的提醒之後，顯得牛頭不對馬嘴。

深和黑王必然聽懂了，所以他們沒有繼續追問。

「米契爾！」米納斯衝向水晶龍的位置。

泛金的水龍微微低垂腦袋與身軀，擋在魂體已從幻武脫離出來的神女面前，金色的眸子帶著絲縷憐憫，卻沒有避開的意思。

「沙汐！走開！」米納斯憤怒地召來水流，衝擊攔路的金色水龍。

一圈金芒打散水流。

米納斯再度召來更強大的水柱，但已來不及讓她再次出手。

整個地下空間冰色霧光大亮。

所有壁面地面逐漸浮現新的符文陣法，大量古老文字充斥肅穆且沉重的力量氣息，遠比米納斯設下的禁術符文更強、更深奧，也更加難解。

地宮裡的水流圈慢慢染上點點水色銀藍，驅逐掉原先裡面的水紋，重新塡充進不同的徽紋，整個大陣的執行者開始被取代。

這是在我們進來之前就已經提前布置好，或者應該說早在米納斯甦醒成幻武石、被探測到時，就預先設置，現在被一口氣全部啓用，沒有留下任何反悔的退路。

「妹妹，這才是完整的印德蘭祕術。」

冰晶色的龍微微張口，發出略帶戲謔的輕笑話語：「妳還有得學，下次別那麼衝動了。」

「米契爾！」米納斯試圖攔住開始移動身體、進入祕術陣圖的冰晶龍。

化爲人形的水帝再次擋在米納斯的幻影前，嚴肅且無表情的面孔輕輕地搖了搖。「不要干擾他，爲了這天，他耗費心力準備很久。」

「沙汐！你不能這樣！那是米契爾！和你也交換過眞實之名的米契爾！」無法前進一步，

米納斯抓著水帝的手臂，想繞開對方的力量阻隔，卻怎麼也躲不掉。「我不要本體了！我不要本體了——」

「來不及了，米契爾在察覺到妳甦醒那日，就開始製作取代使用的祕術陣圖。」水帝彈出術法，把其他人也一一擋住。「整個大陣與他的魂靈、力量相連，只會比妳的更爲完整強大、密不可侵，他會永恆關押魔神疫病，讓異界入侵者再無任何機會。這是，早就決定的事情，無人可以停止。」

「不……」

米納斯的魂體沒辦法流眼淚，她只能眼睜睜看著冰晶龍停在陣法中心，慢慢合起藍色的眼睛，強烈的悲傷讓整個地下世界下起細細密密的雨水。

她的記憶尚未完全，重逢後也僅僅只有和米契爾度過了一晚的回憶。

然後，就即將失去最後一名親人。

別說她，我也無法接受。

我甚至想直接把這顆生命核也吃掉，這樣可以解決很多事。

「弱雞，站住。」魔龍的聲音灌進我的腦袋，一股強力束縛我的腳步。「把米納斯換出來不就是你們的心願嗎。」

但我們並不想用米契爾去換！

「這也是他的心願。」

魔龍說了讓我無法反駁的關鍵話語。

這是米契爾的心願，在他發現米納斯還活著、甚至成為幻武兵器的那天開始，他就已經著手準備為妹妹解除封印陣。

可以在高濃度毒素裡待的時間很短，置入隱藏陣就不能耗費太久，必須一次完成，由此可證明米契爾在這件事上的決絕，沒有轉圜餘地。

我可以理解，當然米納斯與其他人同樣可以理解米契爾的意思。

「沙汐……後面的事情……」逐漸被陣法剝去意識的冰晶龍緩緩吐出幾個字句。

「嗯，我會處理，你安心睡吧。」水帝深深看著被陣法覆蓋、最後深埋在水流當中的冰晶龍，慢慢地低語——

「直到再度被喚醒那日。」

※

印德蘭封印陣最終帶著魔神生命核與米契爾消失在所有人面前。

就如同米契爾所說，這才是完整的祕術大陣，整體成形並運作後，其實大陣會自行隱匿，行蹤氣息全然消失，在正常狀況下無法被察覺。

當年米納斯獨力完成的祕術存在缺陷，只要是懂得眞正術法的人、如水帝和米契爾，就可以很容易取代、奪走大陣，更改爲己用。

這是，在行前這兩人完全沒告知我們的部分。

米納斯望著空無一物的地宮，偌大的空間寂靜到可怕。

抱著神女身軀的學長沒有太多時間陪大家感傷，與夏碎學長快速地在一旁打開生命陣法，先行穩定住長年沒使用的軀殼的生機。

魔龍從空中慢慢降下。

我複雜地看著希克斯，無法說他做得對或者不對，這傢伙這麼主動出來幫忙必定是因爲米納斯，他熟知這個死鎖陣，爲了取出米納斯的身體，不惜擋住其他容易動搖的人，成全米契爾的做法。

魔龍似乎不在意大家的想法，還是那副無所謂的樣子，確實也沒人出口責怪他，就連米納斯都閉口不語。

追根究柢，這是米契爾的願望。

他只是想把妹妹從這個地方解放出來，今天換成在場其他人，在有選擇的情況下，十之八九也會願意交換自己重要的人。

因爲理解，所以無法怪罪誰。

米納斯慢慢地回到水帝面前，帶著悲傷，但打起了精神問道：「你說被喚醒之日是什麼意思？」

「……魔神消滅，對嗎？」站在一邊的哈維恩若有所思。

「是的，祕術陣主要是鎮壓魔神核與藏於其中的主意識，如果這一切消失的話，便沒有繼續鎮壓的理由。」水帝微點了頭，「我會想辦法將魔神疫病滅除，無論需要花費多久時間。」

我下意識看向地宮入口處，西穆德依然擋住異靈。

發現新的大陣已經完成，失去機會的異靈不再進攻，而是用最快速度從陷阱裡脫身，並且在血靈試圖再次阻擋時炸開身體一部分，灰綠的物質炸開，細細的粉狀物漫天飛散。

見狀，西穆德立即抓住奇美拉，往後退開非常遠的一段距離。

捕捉到機會，異靈一口氣脫離陷阱，揚長而去。

「沒事吧。」我快步走向西穆德，後者往後退，對我擺擺手示意別接近。

檢查確認沒有沾黏到粉末後，西穆德才解除警戒。

水帝將那些生化武器沖刷掉。

魔神疫病雖說武力上偏弱，但攜帶的細細碎碎病菌毒物眞的讓人很煩躁，只要一個不注意就會被趁虛而入。

沒意外的話，他大概要榮登年度十大不受歡迎的角色之一。

「現在怎麼辦？」西瑞左看右看，發現沒別的事可以幹了，除了去拆那座祭壇。

「米契爾還有些東西要轉交給各位，以及米納斯……」水帝頓了頓，重整話語，對大家說：「慕爾芬的遺體，各位可協助收回嗎？水族將有重謝。」

進來時，米契爾和水帝的表現其實不難猜，慕爾芬的遺體想必就在上方入口處、被小淺指出的遮蔽區內。

於是我們接著回到了地面入口。

毒素濃霧全部散去後，顯露在其後的是一具龐大遮天的水晶骨架。

殞落當下，水族的大王子或許還儘可能地在庇護未撤離的族人與援軍，因此沒變回本體或人形，而是維持巨龍的龐大存在，直到死去都固定著這副模樣。

被浸染毒素的水晶骸骨仍具有未散的微弱淨化力量，這讓龍骨的顏色看起來沒有其他屍骨那麼深，反而呈現一種很剔透的淡黑。

從水帝這邊得知，當年他與米契爾來這裡想尋回族人遺體時，意識到異靈或許本來是想用慕爾芬的遺體製作地宮，所以亡於他處的龍骨才會出現在祭壇邊，但留存的淨化之力可能會讓魔神生命核傷殘，所以龍骨被拖到此處棄置。

前任大帝夫妻也是同樣理由，天生的淨化能力讓他們三人的屍骨被完整保留下來。

上次進來，水帝與米契爾只能帶走大帝夫妻，不得不將慕爾芬與其他亡者留在此處。

這次出去，虛空戰場就要完全封鎖，很難再隨意出入了，所以米契爾私心希望至少最後能把慕爾芬帶走。

我們人多，種族齊全，這個要求說實話不難，而且還可以多帶幾個。

不過這個提議被水帝拒絕了，主要還是劇毒和疫病，他無法保證多帶會不會將毒素或傳染病藉由某種方式傳遞出去。

安全起見，最終我們只收走了龍骨。

離開虛空戰場也費了不少時間。

一路不見異靈，可能逃走了，或者依舊潛伏在戰場某一處，等待下次的機會。不過他也沒多少時間好蹲了，等到水帝完全封鎖整個虛空戰場後，除了印德蘭封印裡的東西，此地將會排除任何外來活物。

沉默中，設置在戰場進入通道前的陣地結界逐漸出現在遠處。

※

出虛空戰場時，很意外的是有人正在等著我們。

「泰那羅恩？」

「岡茲？」

這兩人眞的讓人意想不到，猜誰都不會猜到他們。

「阿法帝斯怎麼了嗎？」我第一個反應是阿法帝斯出事了，否則這種狀況來找我們的通常會是阿法帝斯。

「放心，小阿法去禁地那邊驅逐貪婪的傢伙們了，牽扯到公主了嘛。」岡茲抬起手打了個招呼，笑笑地把目光放到水帝和學長身上，隨後收掉笑容。「契希爾還是做了嗎？」

「……你們知道？」我皺起眉，難道知道米納斯眞身的人其實不少嗎？

「剛剛才收到契希爾的傳信。」岡茲搖搖頭說道：「王無法過來，我代表過來幫忙。」

冰牙族大王子頷首，表示也是相似情況，不過與炎狼不同的是，他原本就和米契爾熟識，米契爾進入戰場前直接把信傳給他，而他之前與我們初遇時，也確實隱約發現了米納斯很可能是失蹤已久的希納斯。

「泰那羅恩和契希爾是朋友。」水帝居中為我們介紹道：「在伏水代族長時，他們往來較密切。」

米納斯望著泰那羅恩，這部分的記憶她還未恢復，有些茫然。

「我帶來高階精靈術師隊。」泰那羅恩很平靜地說道：「為慕爾芬淨化，為希納斯重續時間。」

來自於冰牙族大屋的十多名精靈術師們正在水族裡等候，隨時可以開工。

岡茲帶來的則是火流河的一小部分力量，與泰那羅恩的月凝湖，加上水族的世界脈絡，這些世界力量都將用在修復米納斯的軀體與靈魂上，讓她可以用最短的時間恢復全盛狀態。

水族的世界脈絡守護者正是水帝。

「先回去休息吧……與我一起回水族嗎？」水帝看著緊閉雙唇的米納斯，不意外後者搖搖頭，於是他把備用鑰匙交給我們。「契希爾將屋子轉讓給希納斯，你們可以自由使用。」

學長把米納斯的身體交給泰那羅恩，大王子實力擺在那邊，不管是穩定身體或者延續生機，都會做得比學長更好，交給他我們確實不用擔心。

而且，米納斯的心臟也須要去取。

商議過後，哈維恩和岡茲、夏碎學長走一趟，確保路上不會出任何意外。

泰那羅恩與水帝將米納斯的身體送去水族的至高聖殿修復。

其餘人則是與米納斯一起回到米契爾的住處。

重返庭園，景色依舊。

推開大門打破沉靜的空氣，卻沒有人拖著腳步從階梯上下來了。

米納斯呆呆地望著空蕩蕩的大廳，沉默地游上階梯，去了米契爾的房間收拾心情。

「先各自休息吧。」學長拍拍我的肩膀，「尤其是你。」

「……這句話還給你。」講得他好像正常人似地，待會兒我要聯絡岡茲和泰那羅恩，讓他們自己管管自己家隨時會亂跑爆炸的小少主。

「漾～吃起來！」西瑞倒不至於真的去把廚房吃空，米契爾不在了，他多多少少有點收斂，掏出的是大哥送給他的那一大箱補給品。

我婉拒了暴飲暴食的邀請，囑咐西穆德幫忙看顧一下某殺手和奇美拉。

接著大家便各自返回客房休整。

哈維恩去取心臟，西穆德在盯人。

房間內只有我。

設下幾層隔離結界，封閉掉似乎有話要說的魔龍，我也沒開燈，昏昏沉沉搖晃著步伐走進浴室。

然後一口血噴出來。

不誇張，眞的是噴。

暗紅色的液體濺在洗手槽和鏡子上，沿著光滑面滴落地磚。

怎麼回事？

疫病的毒害確實排除了，在祭壇前的確也被治癒。

我沒有感覺到類似病毒爆發的灼熱或疼痛。

是力量被感染？

或是身體崩壞其實沒有停止？

在第二口血也吐出來後，我檢視身體，但沒發現更多問題。

身體狀況維持在哈維恩給我地獄之藥的狀態，並不是崩壞受傷引起的爆漿。

疫病嗎？

力氣慢慢地一點一點被抽走，我渾渾噩噩地就地躺到旁邊的浴缸，目光渙散地望著天花板，下意識想要喊聊天室裡的兩人，才猛然想起米納斯離開了，魔龍剛剛被我關禁閉。

後知後覺地開始感傷。

其實還是很希望米納斯不要走的。

也希望米契爾不要被封印。

今後我們真的有辦法絞殺魔神疫病，並把米契爾解放出來嗎？如果一輩子都殺不了，該怎麼辦？

以前是米納斯，今天是米契爾。

下次呢？下次會換到誰？

衣襟好像有點濕，我摸了摸，看見一手的鮮血。

沒吐血，但血還在流。

怎麼回事？

隱隱地，好像看見幼童的模糊身影出現在浴缸邊，伴隨著不懷好意的笑聲。

「來，你和我來。」

小小的手越過浴缸邊緣，朝我伸出。

意識逐漸模糊，然而我仍保持警惕，往那個方向甩出黑色術法——落空了。

那只是「影子」。

病毒球也用過類似的方式，在我身上設置了一個投影。

換成疫病了嗎？

眞・病毒。

「你原本就該向著我們……」

小小的身體爬進浴缸，冰冷的面頰親暱地在我臉邊蹭了蹭，彷彿我們多友好。

「你是我們這邊……」

「不是白色種族……」

小孩舔掉我脖子邊的血水，緩緩張開黑色獠牙。

這輩子真沒想過會在同一天內經歷被陰影咬被魔神咬，地球上的人口應該找不到百億分之一和我一樣的衰小人吧。

眞·他媽·衰。

黑色的牙尖幾乎刺進我沾滿血與雞皮疙瘩豎立的皮膚瞬間，小孩猛地被整個提起來，瘦弱的身體被摔到旁邊的牆上。

此時此刻其實我的視線已經完全模糊，看不清多出來的第三人是誰……如果有得選，我會選我祖先。

來人好像笑了一聲。

跨越時空搥爆你。

「眞麻煩呢，褚冥漾。」

下秒我感覺我整個人從浴缸裡被撈起，血水滴滴答答的，在我魂要飛走間不知不覺大概把半個身體的血都流掉了吧。

孩。

來人動作一點都不溫柔，把我像米袋一樣甩上肩，順腳幹了我想幹的事情——踢飛魔神屁

「我要把你偷走了～」

《特殊傳説Ⅲ・10》完

番外　搬家

異族的同伴是什麼模樣？

身為黑色種族之首的兵刃，他們無須聽從其他，只要一往無前地站在前方，成刀、成盾，即可。

所謂異族同伴，並不是與他們伴行的存在。

他們是兵器，他們亦是機器。

旅程的某一夜，值夜的西穆德偶然看見還未休息的夜妖精，雖說兩人都是夜行性的種族，但連日奔波、受傷疊加下來，無論是夜行或是日行種族，其實都該捉緊時間休息，否則拉長疲憊的狀態，身體受不了時更容易成為他人的負擔。

正這麼想著，血靈無聲從黑暗中走出，打算詢問因由之際，赫然發現對方正皺著眉……在看報表。

對，真的報表。

「……？」

雖說在族中也負責過不少事務，但西穆德不得不承認，看見一疊充滿數字又密密麻麻的報表瞬間，內心還是充滿錯愕，也有不明所以的微小敬佩，更多的是不解對方為什麼在看這東西。雖然知道夜妖精平常就會看各種記錄，但辛苦一天了，在營地裡還繼續著報表毒害，是否過於嚇人？

「西穆德？」聽見細小動靜，哈維恩停下手邊的翻閱，側頭果然看見踩碎一片樹葉的血靈站在他的後方，位置極近，若不是發出聲響，恐怕自己不會注意到——看來又得找時間加強訓練了。

發覺自己驚擾到夜妖精，西穆德下意識低聲道歉，接著才詢問。

「啊，抱歉讓你在意了，我待會兒就休息。」哈維恩看向不遠處已睡成一堆的其他人，即使白日每個行為舉止都相當爆裂，但睡著之後，倒是個個看起來都像那個年齡該有的孩子模樣。「我只是稍微確認一下各種物品的儲備量。」

旅程中，眾人不知道什麼時候開始，越來越常把一些日用品、藥材，或小物件，遞交到夜妖精手上，就連那位冰牙族的混血小少主偶爾沒反應過來，也會下意識順手地將戰利品什麼的額外再撥一部分遞過去。

準備行程所需物品時，夜妖精自主地擴大了人數、種族，以及針對個人的不同需求。

最初，剛跟隨獨行妖師的西穆德不論看幾次，都覺得很怪，即使血靈在外面遊走時同樣會做些事務，但絕對沒有如此精細。

首先，夜妖精這個種族雖然使命是導讀黑夜、也就是為黑暗之首讀取黑夜，但這不代表他們是後援的管家型種族，而是更驍勇善戰的前線戰鬥族群，並且曾一度令人聞風喪膽，直到被妖師送走。

就西穆德所知，過往妖師一族除了有血靈這把尖刃，戰場上，夜妖精也是不可缺的左右臂膀，但應該不是現在這種不可缺法。

剛開始時，他其實有點懷疑這是不是種很新的欺負黑色種族的手法，但時間一久，發現似乎也不是，夜妖精在處理雜務上確實能幹，甚至比起其他幾人更為擅長，而且沒有明顯不願意、被欺壓的模樣，反倒像是他主動承接這些細碎的工作。

於是某一日，血靈遲疑地詢問夜妖精，後者帶著一臉鬱悶，陰森森地說了句：「如果不做，就沒人會好好做了，我無法放著不管，畢竟侍奉者需要。」

西穆德看看妖師，又看看一群白色種族小孩，不理解。

他們只要好好照顧妖師就好了，不是嗎？

隨著接二連三的事件發生，西穆德慢慢地看懂了夜妖精的做法。

哈維恩連帶照拂其他人，是因爲褚冥漾需要他們。

內心脆弱的年輕妖師徬徨不安，身邊那些小孩們乃至奇奇怪怪的存在，是繫緊他不迷失的絲線。

夜妖精看得很明白，失去這些人，年輕妖師就會失去自我，乃至生命。

更糟的狀況是失去理智、墮於邪惡，屆時夜妖精很可能必須刀刃相對，那是誰都不願意看見的畫面。

回過神，西穆德看著夜妖精又低下頭，皺眉盯著一行藥物的名稱。

吸引血靈注意的是旁邊有另一排家具的文字……爲什麼買家具？

雖然只有很簡單的基礎幾款，但訂的都是手藝很好的幾個妖精族出品的家具，一看就是要自用或者贈送較好的親朋好友……但這個數量都可以整頓好一間房子了，不像是要送人。

看不懂報表，西穆德平日其實沒有過多的好奇心，但就是很在意那幾樣家具，看上去種類不算多，全是床和幾組桌椅，還有放置藥物衣物的箱櫃。

「怎麼了嗎？」發現守夜的血靈仍站在原地，哈維恩再次抬頭，注意到對方的目光落在他最近的開支表上，記錄的這批用品是和木系妖精的藥材一起訂購的，表單沒分開放，到時尾款一併送過去。「這是搬家用的物品。」

「搬家？」沒想到會得到回答，西穆德又是一愣。

見血靈居然露出一絲意外的反應，哈維恩乾脆提起旁邊溫著的水壺，替兩人斟了杯藥茶。

「宣誓效忠後，我便從沉默森林脫離。」

「……？沉默森林將你驅逐了？」接過杯子，西穆德微皺眉，以為沉默森林無法容忍追隨離群妖師的叛逆者。

「不，是我主動離開。」哈維恩彎了彎唇。「沉默森林原本希望我留下。」

正確地說，夜妖精的族長最先是禁止他脫離沉默森林，並表示即使追隨落單妖師，對方依然是眞正的妖師，並無違背種族責任，他沒有理由因爲這點原因脫離自己的族群。族人們贊同族長的說法，畢竟數百年來他們還不是被白色種族仇視、時常被自詡正義的冒險者攻擊，根本不害怕外界的敵對。

尤其是現在的時間點，大批黑、白色種族因爲魔神生命核下落一事盯上了流浪妖師，非常不好，他們很需要各種援手與庇護。

雖說那個生命核不是什麼好東西，但說到底，裡面儲存了強大的力量與異界生命能量，有心人善加利用的話，可以為自己種族獲得龐大的利益，更別說某些黑色種族或妖靈界那些蠢蠢欲動的妖魔鬼怪們。

褚冥漾以為只是儲存邪惡力量的核心，被引導動用的也僅止那部分，但實際上用途比他想像的還要多更多、更多。

之所以離開沉默森林，其實與褚冥漾的理由相同。

「繼續留在沉默森林，會增加沉默森林被大規模襲擊的風險。」因為長期跟隨褚冥漾，哈維恩從各處收到的消息中，已經十分確認自己被打上褚冥漾一黨的標記，畢竟他確實不怎麼收斂，妖師走到哪裡他跟到哪裡，妖師打誰他就打誰，妖師放火他就搶劫，大部分的勢力早就默認他們兩個是綑綁一起的主從關係。

說難聽點，還有不少憎恨妖師一族的人直接貼了「黑皮膚的走狗」這種標籤在他身上，宣稱殺流浪妖師前必先殺那條黑狗。

因此，繼續留在沉默森林，只是給外人更多襲擊沉默森林的理由。

沉默森林不害怕外敵，戰力足以抵禦，甚至水火妖魔也會適時協助，但沒必要。

宣誓效忠後，哈維恩尋了個空，回沉默森林脫離族群。

沉默森林自然可以繼續提供妖師庇護，無論明或暗，這是「種族」的友好態度，就像冰牙族會收容朋友，無論對方屬於哪個種族。

但哈維恩必須離開沉默森林。

他不能成爲沉默森林被攻擊的藉口。

他也不能因爲接下來的作爲，讓沉默森林爲他背書頂罪。

尤其是現在。

哈維恩隱隱約約覺得，某種說不清、道不明的「時間」近了，種族天生對某些危險的預知感在深夜月明時會向他警告。

所以脫離是最快也是最好撇清的方式。

「『他』還不知道這件事。」哈維恩靜靜地看著血靈。「我自己說。」

西穆德理解地點頭，剛返回此世界的年輕妖師精神狀態很差，他明白爲什麼夜妖精沒有告知脫離一事，僅僅只是體貼地不想再造成更多的壓力。

「搬到哪邊？」西穆德思考，如果不要求的話，鬼楓崖也不是不能多一位寄宿者。

血靈們很強，全體正在逐步恢復到力量鼎盛的時期，完全不怕外人挑戰，甚至還可輕鬆將這些入侵者作爲養料。

畢竟他們本來就不是什麼正常種族，誰碰誰死，完全不存在被牽連進攻的顧慮。

「學院有提供住宿，另外也在原世界買了房子。」哈維恩翻了翻手邊的記事，新購的屋子不大，只是間很小的兩層樓，就在褚冥漾原世界住家的附近，足以當一個跳轉點或者藏身點，同時方便定期過去檢查褚家的保護術法與陣法等等。

學院住處只是尋常休息用的套房，原世界的屋子倒是可以貯存些較不容易被破壞的物品。短時間內，這兩處也暫時足夠棲身。

更別提他們現在很常在外奔波，說不定屋子最後直接淪爲倉庫。

「鬼楓崖對你們開放，你知道的。」西穆德不由得開口：「我的住所有許多房間，也還很多無人使用的空屋。」

「謝謝。」哈維恩並沒有客氣的打算，誠實地點頭。不過鬼楓崖在他的計畫內，與其他友好種族相似，都歸類在庇護所，若非眞的無處可去，盡量不動用，即使血靈們屬於妖師。

從褚冥漾的反應判斷，他並未和其他妖師一樣把血靈當作兵器，而是當作「朋友」，所以必定不願意看見族群被奇怪的人事物連累。

哈維恩暗暗在內心嘆口氣。

被人類教育過的妖師，無論在什麼打擊下，依舊保持著那顆近似人類的心，而非用妖師的種族想法來支使他的輔助者們。

但不管夜妖精或是血靈，其實不過都只是妖師一族的「工具」。

褚冥漾太過在意他們，就像在意身邊其他人，或許在他眼中，他身邊的所有人都相同平等，每個存在皆有血有肉有情感，無分種族黑白，亦全都是確保他可以「存在」的絲線，缺少誰都不行。

對此，哈維恩其實有些高興，但又有些悲哀。

這是最打動人的優點，也是最令人擔心的缺點。

※

「咦？」

西穆德猛地捏住手裡的杯子，看向那群理應在沉睡的小孩。

見被識破，狡猾的紫袍微微眨眨眼睛，動作無聲地從原本躺著的地方爬起，還露出一如往常的溫潤微笑。

殊不知，這個笑容在黑暗二人組眼裡多麼討打。

「……」哈維恩也是滿意外，畢竟晚餐時，爲了不讓他們繼續作祟，他特地在湯和茶裡都加了一些醫療班教學的助眠輔物，不傷身，能讓這群傷病小孩們好好睡一覺。

夏碎動作停頓了半秒，隨手往身邊搭檔拍過去，都被抓個正著了，還想假裝沒自己的份嗎？

半精靈才跟著爬起來。

「……」

也是，無論年紀再怎麼小，畢竟都是公會認證的黑袍與紫袍，在外不可能真正沉睡，保持七分清醒才是常態。

「你那個藥效太小了，毒不死我們。」躺在另一端的殺手一個翻身，趴在篝火邊，難得用氣音說話。

「……」

原來都沒睡啊？

哈維恩開始思考是不是自己調配失誤，以後還是必須針對個體分別施加分量，看來有機會須要再向醫療班請教一番。

「褚似乎睡得不太好。」夏碎檢視了即使睡著，依舊皺著眉頭的褚冥漾。

半精靈靠過去，抬手按在這蠢蛋額頭上，放下了安睡的術法，總算感覺對方氣息平穩不少，渾身也不再緊緊繃著。

古戰場回來後發生了連串事情，或許他一直沒有睡安穩過。今夜睡得較沉，除了身心疲倦，還有安睡藥物輔助，但大概也不會有什麼好夢。

想想，又給他加一個聲音隔離。

哈維恩隨即檢視了半精靈的狀況，幸好沒什麼變化。

「你買房子怎麼沒揪？」西瑞一屁股坐到夜妖精旁邊，繼續氣音：「偷偷買在漾家的附近哈？地契呢？本大爺要入股！」

「……？」緩緩在腦袋上出現個問號，夜妖精瞇起眼，看著沒事就想鬧事的獸王族，開口想說點什麼，但又想到對方最近因爲遷就妖師的狀況，也夠壓抑本性了，於是改口正常拒絕：「不要，自己買。」

「你把本大爺當外人嗎！」遭拒絕的某殺手氣噗噗。

「你可以自己買。」哈維恩一臉冷漠，堅持原話。

「我們不是一夥的嗎？大爺對你那麼好你怎麼可以這樣？難道沒有結拜手續就不能住？」

西瑞蠢蠢欲動，想拿出一套比較二階的友情結拜用具，僅次於眞兄弟，命名爲「眞．朋友結伴」套裝組。

如果不是顧及還有人在沉睡，直接就想給這殺手一個腦擊清醒。

哈維恩至今仍舊難以理解為什麼褚冥漾的交友能夠如此多元，或許這就是他特別的地方吧，所以才會有這麼多奇形怪狀的朋友環繞，並在危難時伸出援手。

「脫離沒問題嗎？」夏碎毫不避諱地點出剛剛確實不巧偷聽見的內容，關心地詢問：「如果有需要，我們可以借用公會管道幫忙。」

「嗯，沒問題。」哈維恩點頭。

其實眼前這位也算是半脫離狀態，除了和雪野家撕破臉，藥師寺家族那邊似乎也做了些什麼，現在被半放生，在外蹦跳基本不會有族人干預，更別說那個什麼都不管的雪谷地。

不過這些人都是白色種族，或背靠無法招惹的大種族，不太須要擔心他們。

「你可以找冰炎幫你在原世界看屋。」夏碎委婉地說：「他有很多房地產，經驗豐富。」

「……」哈維恩突然想到人類某些奇怪的話：可惡的富N代。貌似剛好用在這種情況。

「有些未登記在人前，你可以任意使用，裡面的物品也全都隨意。」半精靈想想，隨手抄了一些原世界房地產的位置，連同屋鎖的術法授權交給夜妖精。這些年他在原世界接過不少任務，有些金額龐大，沒有特別貨幣需求時，公會或人類就幫他折成其他有價值的物品，除了術法載具、藥材，房地產是其一，好巧不巧在褚冥漾生活的地方有一、兩處，雖然不同縣市，但距離不是問題，而且很多都是私下交付，一般守世界的外人想查還眞不易查到。「或是直接轉贈予你。」

一下子獲得十幾處原世界房地產位置與授權的哈維恩：「……」

他是要搬家，不是要創業。

所以說如果沒有投好胎，就是要找到金飯碗嗎？

夜妖精霎時理解某妖師偶爾掛在嘴邊碎碎唸的奇怪話語的意思了。不過他還是拒絕了半精靈的餽贈，即使在他們眼裡看起來這點東西不算什麼。

礙於前半輩子都在沉默森林、幾乎沒有離開太遠過，哈維恩在原世界的置產幾乎等於零，有的話也都在守世界，嚴格算起來，現在這個是原世界的第一個。先前在外調用的都是沉默森林的公資產，未脫離時，公資產大家可視狀況自行使用，脫離之後都不能碰，即便沉默森林那邊讓他如昔取用，他也是不會再碰了，除非遇上危急事故。

不過這些空屋或是土地、甚至店面，倒也暫時可當備用資源，未來旅程可用上就用。

……總感覺要管理的東西好像又多了。

夜妖精後知後覺這位半精靈是不是藉機甩了一批平常根本完全忘記的東西讓他處理。

「說起來，我這裡也有。」身爲紫袍的夏碎，工作上雖不如搭檔收入多，但以實物折算的這些外物必然收過。

「啥？要錢要房要地？大爺也很多啊！還有店！」西瑞輸人不輸陣，看大家都在提供身家了，立刻掏出一堆閃亮屋鎖，裡面不少是從臭老大、死老頭那邊挖來的，送人自用兩相宜！

蹲在一邊的西穆德看著看著，感覺壓到夜妖精身上的事務貌似多了起來，讓旁觀血靈逐漸膽戰心驚。

夜妖精真的不是這種全能管理的後備種族。

至少他認知裡的不是。

幸好小孩們很快意識到純丟包不妥，於是和夜妖精低聲商議起來要如何整合資源。

「……」從搬家變成某種行政流程了嗎？

西穆德還是感覺不太對勁。

※

「你如果不喜歡，其實可以拒絕。」

等到下半夜，所有人再度回到各自位置休息時，西穆德悄然設個消音術法，以口形對夜妖精說。

「……？並沒有不喜歡。」哈維恩偏頭想想，從一開始煩躁到手忙腳亂到運用自如，逐漸在當中找到各種學習趣味，沒有說得上對這些雜務反感的地方。

畢竟他原本就是沉默森林裡比較喜好學習的夜妖精，否則當年也不會是他接到學院邀請。他對學習依然抱有熱忱，只是現在好像學了不少雜七雜八的事務，但也相對得到更多各方知識，例如意料之外的醫療班，或者獄界，直至現在的羽族大祭司。

任何接觸到的人都很願意教授他一些書籍上沒有、老師也不會說的東西。

或許這是幾年前從沉默森林到學院時，未曾想過的事。

就如同他踏離出生地去到陌生之處的當下，也從來不曾想過他會與許多白色種族有和諧交談、成爲朋友的一日。

因此，哈維恩並無不喜或反感，偶爾覺得很有意思，沉迷於不少他人帶來的新知。

同理，其他人如果感覺到他的厭惡，就不會在某些事務上依賴他，大家丟包攞爛歸丟包，還是相當會看臉色的。

西穆德認眞地看著面前極爲年輕的夜妖精，確定對方並沒有說表面話，於是點點頭，不再對此多說什麼。

哈維恩可以理解血靈的想法，雖然已經跟隨他們一段時間，但血靈身爲黑色種族，看多了進攻鬼楓崖白色種族的嘴臉，內心必定保有相當程度對白色種族的警戒。

就像夜妖精們依舊會警惕所有來到身邊的白色種族，他進學院時，一視同仁地厭惡所有來到面前的白色種族，恨不得直接除之。

黑與白之間有著數千年的血鬥隔閡，這是已經刻畫在靈魂內的警告。

但有些人不同。

可能血靈自己還未察覺，他走出陰影處或藏身點的時間越來越多，也更願意在陽光下接過其他人分享的食物。

他們身邊現在都是這樣的人。

——「足以託付信賴的夥伴們」。

「哈維恩。」

「……？」

哈維恩有點疑惑地看向突然發聲的血靈。

「你順利得到你的種族使命了嗎？」西穆德問道。

「是！」哈維恩立即回答：「我很確定沉默森林的夜妖精已取回我們該有的使命與責任。」

「那就好。」西穆德略點頭。

因爲血靈的狀況與夜妖精不同，哈維恩便沒有反問對方，但他認爲對方肯定也拿回了他們的種族使命。

「如果選擇褚冥漾作爲追隨者，你覺得如何？」西穆德繼續詢問。

「不好。」哈維恩立刻皺眉，警戒地看著血靈，直率坦白地回覆：「不要來搶我的位子。」

「……」

這個夜妖精的小傢伙講話怎麼不好好講的。

「血靈不追隨妖師本家及首領嗎？」哈維恩雖然先前隱約有感這名血靈認眞觀察褚冥漾與隊伍內任何一人，並且有逐漸融入隊伍的趨勢，但依然意外對方動了追隨的念頭。

「血靈是妖師的刀，外族人不清楚，但我們其實可以選擇特定持刀人，獻上效忠誓言，並非必定妖師首領不可。」西穆德解釋道：「妖師首領擁有一整個血靈一族與最強的族長，新生的孩童也陸續成長，不介意缺少一把刀刃。」

聽起來是已經與血靈一族和妖師首領溝通過這件事。

哈維恩對此並不意外，畢竟早在很久以前、他獨自去見妖師首領時，對方也曾說過希望他能夠永遠效忠褚冥漾……如果是眼前的血靈，說不定接受過相同的建議或說法。

但不能搶他的位子！

他先來的！

雖然是最近才完成永恆誓言。

但還是他先來的！

夜妖精罕見地出現不滿。

然而獨行妖師身邊確實需要更強悍的刀刃，這段時間，血靈很好地證明這點，也證明己身超凡的實力，幾次也因爲血靈在場，哈維恩才放心地去做其他事。

「當然，我還在觀望。」西穆德如此說道：「如同你先前，也須要謹慎決定。」永恆效忠的宣誓終歸是靈魂契約，即使面對妖師，他們依舊須審慎。

畢竟，歷史上不是沒出過連黑色種族都憎惡的瘋狂妖師，即使他們必定還是先維護妖師。且這堆小孩們看起來也確實夠瘋狂，只是狂的方向不一樣，大致是走非常態傷害別人精神與肉體的路線。

哈維恩無言，雖然很想說點什麼，但心情糾結，決定什麼都不說。

「小傢伙，不會搶你的位子。」西穆德突然感受到很久沒有感受過的「小孩鬧脾氣」，族裡太久沒有新生血靈，外族他們又會保持距離，都有些遺忘這種感覺，難得現在有隻較接近的夜妖精小孩……應該說，其實有一堆小孩每天在那裡吵吵鬧鬧。

「我知道，是同伴。」哈維恩很快收拾好微妙的心情。總之早就知道妖師不會只有一名追隨者，就是氣了一下。

……？

咦？

所以為什麼要氣了一下？

越活越回去了嗎？

哈維恩想了想，決定不要想太多，趁天亮前的最後時間去休息好了。

⁂

後來，他們又陸續遇到許多事。

去了天空城、去了孤島，遇見了炎狼第一公主生前所設關卡，赴重柳族二十七的約定……

累加起來的各種事件，可能比西穆德千餘年的前半輩子還要精采。

他也想不透為什麼一個小小的妖師孩子可以遇到這麼多奇奇怪怪的事情，大概還是有點什麼無法說明的微妙運氣在身上吧。

又一次看見夜妖精受傷後，觀察每個人有陣子的西穆德沒想太多，按照自己的直覺選擇，脫離了血靈一族，向妖師宣誓效忠。

雖說是脫離，不過和夜妖精徹底離開種族、自動除名不同，西穆德僅僅是不再受到血靈與妖師一族的徵召，「獨立」了出去、只須跟著自己所選的妖師族人即可。

正確的說法應該是脫離了血靈一族的調派，變成單獨行動。

選擇持刀人的血靈擁有這項豁免權，一旦尋得持刀人的血靈「認主」後，往後不會在血靈一族的團隊名單當中，因為他們是兵器；有主的兵器，就不須再為其他人服務，這點每個血靈都相同。

而被血靈效忠的持刀人，則永遠不會受到背叛，終生擁有這件忠誠的兵器。

以往世界種族還知道這事情時，曾出現過誤會血靈有可能被其他種族利用，想要獵捕血靈作為僕役的人。

後來不懷好意的種族殺多了，加上他們隨侍在妖師身邊，是天生的妖師之刃，謠傳逐漸破除、消弭，歷史被刻意斷層，幾乎再也無人知曉這件事。

就連現任妖師族長也不知道，直至他與血靈族長見過面，族長開誠布公後才知悉。

妖師問了他想法。

西穆德倒是沒有太多想法。

「你需要戰爭之刃。」

實力，還是太薄弱了啊。

只有一名年輕夜妖精追隨的年幼妖師，實力還是太薄弱了。

明明身爲黑暗種族之首的妖師一族，卻沒有幾名強大追隨者，被幾個白色種族守護著算什麼呢？

更別說作爲武器傍身的那兩名僞幻武隨時會解除契約。

血靈是兵器、是盾，是站立在妖師們身前的開路之刃，是妖師們無後顧之憂的血之刀。

所以，他確實不會搶了夜妖精的位子。

某方面來說，全盛時期的血靈，只要有餘裕，會連妖師身邊的侍奉種族一起庇護，他們的位子並不相同。

借住水族庭園的當晚，西穆德站在陽台邊靜靜感受投射在身上的月光與夜晚的力量氣息。

對了，結果夜妖精似乎一直沒有去完成他的搬家工作。

望著大大的月輪，血靈突然想到這件事。

事情還是太多了。

走南闖北之餘還要撥空處理那些雜務，簡直快連私人時間都被壓榨光……雖然這麼想，但西穆德偶然在整備品裡看見了針對他的藥物等用品，夜妖精無聲無息地將他也列入準備名單中，即使血靈體質特殊，大多時候用不上。

支著下頷，西穆德深沉地思考，或許也該幫小傢伙多多置產了，總不能忙到後面真的什麼答謝都沒有，看看那些種族即使是兄弟也會明算帳，人類是怎麼說的？那個說法？年長者給小輩較多的禮物？

準備個嫁妝？

「你在想啥啊？」房內的獸王族探出腦袋，嘴裡正在嚼著不知道什麼東西，發出喀滋喀滋的聲響。

「沒什麼。」西穆德斟酌話語，詢問送什麼給夜妖精比較適當，排除掉那些藥物房產術法水晶之類的，年輕一輩的應該更知道對方的需求。

「簡單，搬家表心意就送電子花車，五層樓花塔！」西瑞豎起拇指，「附加一隊舞龍舞獅、鑼鼓陣、流水席和表演車隊！最後加塊匾額！超棒！」

西穆德一時有點窒息，即使是他，都覺得把這些送給夜妖精可能會變成仇人+1。

算了，等夜妖精搬家那天直接過去看看缺什麼吧。

「哈維恩還沒搬完啊。」西瑞剛說完，立刻就想到大家最近綿延不斷的大冒險，改口：「哈維恩要不要辦流水席？大爺贊助一百桌～」

「應該不會辦。」無論如何，西穆德非常肯定這點，直接就幫夜妖精婉拒了。

「嘖，那大爺帶飯去吃個接頭飯吧！」西瑞開始說起新屋要先捉鬼然後把地基主和土地公找出來聊天云云。

總覺得還是哪裡怪怪的，西穆德決定先告訴夜妖精，好讓對方有點防備，避免新屋變成事故屋。

「對了，他應該會放帖子吧。」西瑞說到一半，拍了下手掌：「大爺想收帖子。」

「帖子？」西穆德疑惑了。

「入厝要放那個紅帖子，電視都有。」收過各種邀請函或者暗殺預告，西瑞就是沒收過朋友們給的喜事帖子，電視上演的好像不錯，有帖子的人可以去大吃大喝，他也想要。

「……」

西穆德感覺夜妖精應該不會放紅帖子，但這個他無法代哈維恩拒絕，萬一他在這個奇形怪狀的隊伍裡被同化了、眞打算要放呢！

那到時候大家都會有嗎？

活了千年，西穆德也沒收過紅帖子。

小傢伙會給嗎？

不知爲何，突然有點期待。

「啊，結婚也會放。」西瑞扳著手指，一一數算人類可能會出現紅帖子的喜慶事。「惡老闆公司倒閉也會，前男友股票爆炸也會。」

「結婚大概較難。」西穆德想想，很難想像夜妖精結婚的模樣，總感覺對方那種程度已經可稱得上有點工作狂了，眞的能順利結婚嗎？

等等，所以爲什麼老闆倒閉和前男友失利會放？

血靈被帶偏了一秒，認爲是自己沒聽聞過的冷知識，但鑒於應該不會用到，聽過即忘。

「搞不好咧，大爺幫所有人都準備了大紅包。」基於他是天下之王，西瑞當然幫一路上的夥伴們都存好一箱箱金條，以後收到紅帖子就直接帶去現場，紅通通又金光閃閃的，看起來多麼喜慶舒服。「你也有，還是你要金身？」

「……都不用，謝謝。」西穆德感覺自己十之八九也不會結婚吧，血靈沒有那方面需求。

「眞期待他快點搬家。」西瑞愉快地跑回去床上思考要送多少桌過去了。

看著獸王族小孩興致勃勃的背影，西穆德決定還是不要打斷對方，反正等天一亮，所有的幻想都會如泡沫般蒸發。

不過，不知道小傢伙的新屋裡有多少房間。

似乎可以偶爾過去借宿。

褚家的結界法陣什麼的，並不須他獨力承擔，總是可以兩人分攤檢查，他不用那麼辛苦。

等一切事情過後，再看看吧。

〈搬家〉完

追隨的他

入隊前
為妖師開路！
砍掉障礙！
攔路就殺！
我會為妖師辦到一切。
入隊後
能好好準備三菜一湯嗎？如果同行三人都有大小不一的傷勢疾病，你可以保證掌握他們的用藥方針嗎？可以行前準備好各種可能會用到的支援品嗎？
當他們一行人耍智障時能適時地打他們臉嗎？莫名其妙遇到魔王等級時可以用得出共生術法嗎？
醫療學習
製作食物
準備藥材
製作術法
人際交往
記得……
大爺是世界之王——
會死的！
教育中……
這是藥。
……

太難了感覺永遠辦不到

腳本／護玄
繪／紅麟

國家圖書館出版品預行編目資料

特殊傳說.III / 護玄 著.
——初版.——台北市：蓋亞文化，2025.02
冊；公分.

ISBN 978-626-384-161-1（第十冊：平裝）

863.57　113020021

悅讀館　RE411

特殊傳說III THE UNIQUE LEGEND vol. 10

作　　者　護玄
插　　畫　紅麟
封面設計　莊謹銘
主　　編　黃致雲
總 編 輯　沈育如
發 行 人　陳常智
出 版 社　蓋亞文化有限公司
地址：台北市103承德路二段75巷35號1樓
電話：02-2558-5438　傳眞：02-2558-5439
電子信箱：gaea@gaeabooks.com.tw
投稿信箱：editor@gaeabooks.com.tw
郵撥帳號 19769541　戶名：蓋亞文化有限公司
法律顧問　宇達經貿法律事務所
總 經 銷　聯合發行股份有限公司
地址：新北市新店區寶橋路二三五巷六弄六號二樓
電話：02-2917-8022　傳眞：02-2915-6275
港澳地區　一代匯集
地址：九龍旺角塘尾道64號龍駒企業大廈10樓B&D室
電話：+852-2783-8102　傳眞：+852-2396-0050
初版一刷　2025年02月
定　　價　新台幣 320 元
Published and printed in Taiwan

GAEA
ISBN 978-626-384-161-1

RE411
GAEA

The Unique Legend
特殊傳說 III
vol. 10

蓋亞文化　讀者迴響

感謝您在茫茫書海中選擇了蓋亞，您的支持是我們最大的動力。
不要缺席喔，讓我們一起乘著夢想的羽翼，穿越時空遨遊天地！

姓名：　　性別：□男□女　出生日期：　年　月　日
聯絡電話：　　手機：
學歷：□小學□國中□高中□大學□研究所　職業：
E-mail：　　（請正確填寫）
通訊地址：□□□
本書購自：　　縣市　　書店
何處得知本書消息：□逛書店□親友推薦□DM廣告□網路□雜誌報導
是否購買過蓋亞其他書籍：□是，書名：　　□否，首次購買
購買本書的動機是：□封面很吸引人□書名取得很讚□喜歡作者□價格便宜□其他
是否參加過蓋亞所舉辦的活動： □有，參加過　　場　□無，因為
喜歡出版社製作什麼樣的贈品： □書卡□文具用品□衣服□作者簽名□海報□無所謂□其他：
您對本書的意見： ◎內容／□滿意□尚可□待改進　◎編輯／□滿意□尚可□待改進 ◎封面設計／□滿意□尚可□待改進　◎定價／□滿意□尚可□待改進
推薦好友，讓他們一起分享出版訊息，享有購書優惠 1.姓名：　　e-mail： 2.姓名：　　e-mail：
其他建議：

◎請沿虛線剪開、對摺、裝訂後寄出

◎請沿虛線剪開、封摺、裝訂後寄出

廣告回信 郵資免付
台北郵局登記證
台北廣字第00675號

TO：蓋亞文化有限公司　收

103 台北市承德路二段75巷35號1樓

Gaea

GAEA